琼 瑶

作 品 大 全 集

新月格格

琼瑶

著

作家出版社

琼瑶，本名陈喆，作家、编剧、作词人、影视制作人。原籍湖南衡阳，1938年生于四川成都，1949年随父母由大陆赴台生活。16岁时以笔名心如发表小说《云影》，25岁时出版首部长篇小说《窗外》。多年来笔耕不辍，代表作包括《烟雨蒙蒙》《几度夕阳红》《彩云飞》《海鸥飞处》《心有千千结》《一帘幽梦》《在水一方》《我是一片云》《庭院深深》等。

多部作品先后改编成为电影及电视剧，琼瑶也因此步入影视产业。《六个梦》系列、《梅花三弄》系列、《还珠格格》系列等，影响至深，成为几代读者与观众共同的记忆。

琼瑶以流畅优美的文笔，编织了众多曲折动人的故事。其作品以对于梦的憧憬和爱的执着，与大众流行文化紧密结合，风靡半个多世纪，成为华文世界中极重要的文学经典。

我为爱而生，我为爱而写
文字里渡过多少春夏秋冬
文字里留下多少青春浪漫
人世间虽然没有天长地久
故事里火花燃烧爱也依旧

禄禄

第一章

清朝，顺治年间。

对新月格格来说，那年的"荆州之役"，像是一把利刃，把她的生命活生生地一剖为二。十七年来，那种尊贵的、娇宠的、快乐的、幸福的岁月……全部都成了过去。她在一日之间，失去了父亲、母亲、姨娘，两位哥哥和她那温暖的家园。什么都没有了，什么都不存在了。迎接着她的，是那份永无休止的悲痛，和茫不可知的未来。

和父母的诀别，永远鲜明如昨日。

那天，荆州城已经乱成一片。老百姓四散奔逃，城中哭声震天，城外炮火隆隆，吴世昌的大军，已攻上城头。浑身浴血的端亲王，匆匆忙忙地奔进王府大厅，把八岁的小克善往新月的怀中一推，十万火急地命令着：

"新月！阿玛和你的哥哥们，都将战至最后一滴血，我家唯一的命脉就只有克善了！现在，我把保护克善的重责大任交给了你！你们姐弟俩马上化装为难民，立刻逃出城去！"

"不！"新月激烈地喊，"我要和阿玛额娘在一起，要活一起活，要死一起死！""你不可以！"福晋扳着新月的肩，坚决地说，"为了王府的一脉香火，你要勇敢地活着，此时此刻，求死容易，求生难呀！""额娘！要走你跟我们一起走！"新月嚷着。

"你明知道不行！"福晋一脸的凄绝悲壮，视死如归，"我誓必追随你阿玛，全节以终！事不宜迟，你们快走吧！"

"莽古泰！云娃！"王爷大声地喊着。

"奴才在！"站在一边的侍卫莽古泰和丫头云娃齐声应着。

"你们负责保护新月格格跟克善，护主出城，护主至死！这是命令！""是！"莽古泰和云娃有力地答着。

"新月！"王爷从腰间抽出一支令箭，一把匕首，啪的一声塞进新月手中，"如果你们路上遇到我们八旗的援兵，只要出示我端王令箭，他们便知道你们是忠臣遗孤，自会竭力保护你们的！如果路上遇到敌人，为免受侮，我要你杀了克善，再自刎全节！"新月瞪大了惊恐的双眼，注视着手里的令箭和匕首，在惊慌失措和钻心的痛楚中，已了解到事情再无商量的余地，一切都成定局了。"走吧！"王爷将克善和新月往门外推去，"快走！是我的儿女，就不要拖拖拉拉，哭哭啼啼！"

"不要啊！"新月终于忍不住痛喊出声了，"为什么是我？为什么一定要我保护克善？我不要不要，我要和大家一起死……""月牙儿！"王爷忽然用充满感情的声音喊，"为什么是你？因为你是阿玛最疼惜的女儿呀！如今事态紧急，你的两个哥哥都是武将，而且都已负伤，势必得跟随着我，战至最后关头，可我怎么忍心让四个子女全部牺牲？你和克善，是我最小的一儿一女，我实在舍不得呀！愿老天保佑，给你们一条生路！这样，我就死而无憾了！所以，你必须活着，不只为了保护克善，也为了我对你的宠爱和怜惜！我的月牙儿，你一定不会让我有遗憾的，对不对？"

王爷用这样感性的声音一说，新月更是心如刀绞，泪如雨下了。再也不忍心让父亲失望，更不忍心让父母见到自己和克善的泪，她抱着匕首和令箭，拉着克善，就头也不回地奔出门外去了。就这样，她和父母诀别了。

那天，她、克善、莽古泰、云娃四个人，穿着破旧的粗布衣裳，混杂在一大堆的难民中，从荆州城的边门逃了出去。感觉上，这一路的行行重行行，像是无了无休的漫长。难民们的争先恐后，孩子们的唤爹唤娘，和荆州城里的火光冲天……全都搅和在一起。她耳边总是响着荆州城里的喊杀声，和难民们的呻吟声。眼前，总是交叠着火光、血渍和那汹涌溃散的人潮。莽古泰背着克善，云娃扶着新月，他们走了一整天。新月从来没有这么辛苦过，脚底都磨出了水疱。克善何曾吃过这种苦，又何曾和父母离开过，一路上哭哭啼啼，到晚上，连声音都暗哑了。偏偏这晚，走着走着，忽然天空一暗，雷电交加，大雨倾盆而下。四个人出门时，已是兵荒马乱，谁也不记得带伞。顿时间，被淋得浑身湿透。深夜，他们好不容易挨到一个废墟，在断壁残垣中，找到一片未倾倒的屋檐和墙根，他们瑟缩在墙根下，聊以躲避风雨。等到雨停了，克善就开始发烧了。莽古泰生了一堆火，大家忙着把湿漉漉的衣服烤干。新月紧搂着克善，感到他全身火烫，不禁又是心急又是心痛。再加上克善总是用充满希望的眼神，望着新月，可怜兮兮地说："什么时候我们才能回家呢？我好想额娘的暖被窝啊！"

额娘的暖被窝？此时此刻，阿玛和额娘是生是死，都不知道啊！新月心中一片哀凄，用手捧起克善的脸庞，她紧紧地注视着他，说："振作起来！勇敢一点！别想额娘的暖被窝了！从现在起，你只有我了！你脑子里要想的，就是要为阿玛和额娘好好地活下去！懂了吗？"克善拼命忍着眼眶里的泪，点了点头。

莽古泰今年才刚满二十岁，是个热情、忠心、率直、勇猛的侍卫。云娃只比新月大一岁，虽是丫头，却自幼在王府中长大，涉世经验，绝不比新月多。两人面对这样凄惨的局面，都是心急如焚，但都不知道要怎样办才好。莽古泰烧了一壶水，云娃找出了随身携带的干粮，两人跪在新月和克善面前，一人一句地说："小主子，你多喝点水，才能退烧呀！"

"格格，你一路上什么都没吃，快吃点东西吧！"

"小主子，让云娃给你刮痧好不好？"

"格格……"

新月放开了克善，猛地站起了身子，正色地说：

"莽古泰，云娃，你们听着！咱们现在是普通老百姓了，你们两个，是我的哥哥和嫂嫂，我们是你们的弟弟妹妹，所以，再也不要称呼我们什么格格、小主子的，以免泄露了行藏！尤其重要的，是你们再不要动不动就下跪，万一遇到敌人，岂不是不打自招吗？"

"是是是！"莽古泰心悦诚服，一迭连声地说，"格格说的是！""莽古泰！"云娃急呼，"你真是……"

"我笨！"莽古泰懊恼地接话，"格格才说我就忘……"

新月无奈地看着这两个忠仆，在这一瞬间，已经悲哀地醒悟到了一件事：从今以后，自己和那无忧无虑的年代永远地告别了！和那天真无邪的年代也永远地告别了！她不再是个养尊处优的小格格，她是个身负重任的大姐姐了。

接下来的两天，他们白天都是辛苦赶路，晚上就在草寮破庙中栖身。第四天，克善的情况更坏了。匍匐在莽古泰的肩上，他一直昏昏沉沉的，吃下去的东西都吐了出来，高烧也持续不退。三个大人全失去了主张，一心一意只想找个村落或城镇，以便为克善延医诊治。但是，不知怎的，却越走越荒凉了。从早上走到中午，别说村落城镇看不到，就连其他的难民也变得稀稀落落了。到了下午，烈日当空，天气变得出奇地热。三个大人都挥汗如雨，只有小克善，尽管浑身滚烫，却一滴汗都没有。

然后，他们走进了一个山谷，路的两边都是嵯峨的巨石。远处传来溪流的潺潺声，大家的精神不禁一振。因为水壶里的水早就空了。新月不由自主加快了脚步，走在最前面，想去找那水源。忽然间，前面响起了一声暴喝：

"站住！"接着，路边的草丛里就跳出来六七个手持兵刃的大汉。把山谷的道路横刀一拦，纷纷大吼着：

"你们是什么人啊？打哪儿来的？"

新月跟跄倒退，骇然变色，还来不及答话，其中一人已迅速地伸出手去，要抓新月，莽古泰见情况危急，想也不想，就一个箭步抢上前去，嘴里大喊着：

"不得无礼！"莽古泰背上背着克善，身手自然无法施展，有个大汉蓦地冲上前来，一把就掀掉了莽古泰的斗笠。大发现似的大叫：

"瞧！是个辫子头！他们是满洲鞑子！杀了他们！杀了他们！"莽古泰被掀掉斗笠，就变了脸，正想发作，云娃已拉住了他，急声接口说："不不不！咱们装扮成这样，是为了逃避清兵啊！"

"装扮成满洲鞑子，就是满人的走狗，一样该杀！"

"杀！杀！杀！"立即，六七个人都叫了起来，喊声震天。"格格！快逃！"莽古泰大吼着。

"是个格格！"其中一人惊喊，"咱们捉活的！可以领赏！一个都别让他们跑掉！动手啊……"

莽古泰见事已至此，整个人就豁出去了。他把克善往新月怀里一推，嘴中发出一声巨吼，身子就腾空跃起，双脚踢向最前面的一个大汉，同时，一反手甩开背上的布包，包里的大刀就映着太阳光，亮晃晃地从空中落下。莽古泰接住大刀，转身就杀将过去。他这一下已势同拼命，拿着刀东砍西砍，事起仓促，一时之间，几个大汉竟反应不过来，居然被他杀得不进反退。就在这刻不容缓的时刻，新月已抱着克善，和云娃向路边的草丛里狂奔而去。奈何新月力小气微，山坡上又崎岖不平，她没跑两步，就脚下一绊，带着克善一起摔倒在地。克善被摔得七荤八素，睁开惊恐的大眼，愣愣地望着新月。云娃扑跪下来，紧张地抱着克善，喊着：

"我来抱克善，格格快跑！莽古泰挡不了多久的……"

新月回头一看，只见莽古泰那件粗布衣裳，已经好几处沾了血渍。他虽奋不顾身，却显然寡不敌众，就在新月这一回头间，又看到莽古泰手臂上挨了一刀。新月心中一惨："真没料到，阿玛把克善托付给我，我竟然只支持了这样寥寥数日！"她站起身子，抬头见前面有块巨石，当下心念已决。

"不逃了！与其被俘受侮，不如全节以终！云娃，你和莽古泰帮我们挡着，让我们能死在自己手里！"

新月说着，就爬上那块巨石。云娃听到新月这样说，心惊肉跳，再看莽古泰，战得十分惨烈，显然不敌。她知道已经走投无路了，就一言不发地把克善往石头上推去。新月伸手拉上了克善，姐弟俩互视了一眼，千言万语，都在这一眼之中了。莽古泰仍在浴血苦战，但已节节败退下来。事不宜迟了。新月拔出怀中匕首，高高举起，噙着满眶的泪，颤抖着说："克善！姐姐对不起你了！"

克善年纪虽小，已经知道是怎么回事了。尽管非常害怕，却还是勇敢地说："我知道，我们要一起死，我不怕，你……动手吧！"

新月双手握着匕首的柄，望着克善，这一刀怎么也刺不下去。克善把眼睛紧紧地闭了起来，发着抖等死。

新月痛苦地仰起了脸，泪，不禁滚滚而下。她把心一横，咬紧牙关，正预备刺下去的时候，却忽然看到远处有旗帜飞扬，白底红边。她心中猛地一跳，只怕是看错了，再定睛一看，可不是吗？白底红边的大旗，是八旗之一的镶白旗呀！随着那面大旗，有几十匹马正飞驰而来，马蹄扬起了滚滚烟尘。

　　新月这一下，真是喜出望外，她这一生，从没有这么激动过。丢下了手里的匕首，她从怀里取出了令箭，跳起身子，开始没命地挥舞着令箭。嘴里疯狂般地喊叫着：

　　"救命！救命啊！我是端亲王的女儿，新月格格！端亲王令箭在此，快来救命啊！快来啊……"她回过头来，对那仍和莽古泰缠斗不休的大汉们嚷着："你们还不快走！我们八旗的援兵已到！镶白旗！是镶白旗啊……"

　　那些大汉，本就是一些草莽流寇，乌合之众。此时，被她叫得心神不宁，纷纷停下手来，对新月喊叫的方向看去。奈何地势甚低，看也看不见，其中一个，就爬上了大石头，往前一看。立即，他大叫了起来：

　　"不好！镶白旗！旗子上有个'海'字！是'马鹞子'！是'马鹞子'！兄弟们！逃呀！"

　　此语一出，六七个大汉，竟然像是见到了鬼似的，转头就跑，一哄而散。新月太高兴了，又跳又叫，居然没有防备那爬上石头的人。那人见新月秀色可餐，竟一把抓起了新月，扛在肩头，飞跃下地，拔脚就跑。嘴里嚷着：

　　"抓你一个格格，就算讨不着赏，也可以当个压寨夫人！"

克善、云娃都放声大叫，叫姐姐的叫姐姐，叫格格的叫格格。莽古泰反身要救，才一举步，就因腿伤摔倒于地。新月凄厉地狂喊："放开我！放开我！放开我呀……"

努达海，官拜威武将军，绰号叫"马鹞子"，一个让敌人闻风丧胆的人物。在战场上所向无敌，身经百战，却从来没有打过败仗。他，是个近乎传奇的人物，是个从不知道什么叫"害怕"，什么叫"恐惧"，什么叫"痛苦"，什么叫"挣扎"的人。他以他那大无畏的精神，毫无所惧地面对他所有的战争，一向顶天立地，视死如归。这样的人，一般人对他都只有一种称呼："英雄"。

这个英雄人物，努达海，这天命定要遇到新月。和新月一样，他将和他以前的岁月告别了。只是，他自己还丝毫都不知道。当努达海听到云娃和莽古泰凄厉的呼号：

"新月格格！新月格格！新月格格……快救新月格格呀……"他再看到那扛着新月狂奔的大汉时，他就直觉地知道是怎么回事了。他一挥马鞭，策马疾追上去，嘴里大声喊着：

"大胆狂徒！放下人来！饶你不死！否则，我就要你好看！"

一边说着，他已从腰间拔出匕首，紧追在那大汉身后。

前面突然横上一条溪流，那大汉沿着溪水拼命奔逃，努达海也沿着溪流猛追。马蹄溅着溪水，一阵"哗啦啦"的巨响。努达海见警告无效，匕首就脱手而出，正中那人的腿肚。那人狂叫一声，惊骇之余，竟把新月抛落下来。新月眼看就要落水，努达海及时从马背上弯下身子，一把就捞起了她。

新月只觉得身子一轻，自己不知怎的已腾空而起。她睁大眼睛，只见到努达海一身白色的甲胄，在阳光下闪闪发光。那高大的身形，勇猛的气势，好像天上的神将下凡尘。

第二章

　　端亲王的全家，除了新月与克善以外，在这次的"荆州之役"中全部殉难了。努达海的救援迟了一步，虽然克服了荆州，却无法挽救端亲王一家。

　　新月除了克善，什么都没有了。

　　接下来的三个月，新月跟着努达海，开始了一份全新的生活。努达海奉命护送端亲王的灵柩和遗孤进京。于是，晓行夜宿，餐风饮露，每天在滚滚黄沙和萧萧马鸣中度过。伴着新月的，是无边的悲痛和无尽的风霜。所幸的是，努达海的队伍中，有最好的军医随行，在努达海的叮咛呵护中，克善很快就恢复了健康，莽古泰的伤势，也在不断地治疗后，一天天地好转。这三个月中，和新月最接近的，除了云娃、莽古泰和克善以外，就是努达海了。新月的眼前，始终浮现着努达海救她的那一幕，那飞扑过去的身形，那托住她的，有力的胳臂，还有那对闪闪发光的眼睛，和闪闪发光的盔甲……他不是个人，他是一个神！他浑身上下，都会发光！新月对努达海的感觉是十分强烈的：他出现在她最危急、最脆弱、最无助、最恐慌的时候，给了她一份强大的支持力量。接下来，他又伴她度过了生命中最最低潮的时期。因而，她对他的崇拜、敬畏、依赖和信任，都已到达了顶点。

新月一直很努力地去压抑自己的悲哀。尽管每夜每夜，思及父母，就心如刀割，几乎夜夜不能成眠。表面上，她却表现得非常坚强。毕竟，有个比她更脆弱的克善需要她来安慰。可是，有一晚，她辗转反侧，实在睡不着。忍不住掀开帐篷，悄悄地走到火边去取暖。坐在营火的前面，她仰头看天，却偏偏看到天上有一弯新月。她看着看着，骤然间悲从中来，一发而不可止。她用手捧着下巴，呆呆地看着天空，泪水滴滴答答地滚落。努达海不知何时已经来到了她的身边。取下了自己肩头的披风，他把披风披上了她的肩。她蓦然一惊，看到努达海，就连忙抬手拭泪。努达海在她身边坐了下来，用一种非常非常温柔的眼光看着她，再用一种非常非常温柔的语气说：

"想哭就哭吧！你一路上都憋着，会憋出病来的！哭吧！痛痛快快地哭一场，然后，打起精神来，为你的弟弟，为端亲王的血脉和遗志，好好地振作起来。未来的路还长着呢！"

新月抬起泪雾迷蒙的眸子，看着努达海，心里的痛，更是排山倒海般涌上来。她咬住嘴唇，拼命忍住了抽噎，一句话都没说。"我有个女儿，和你的年纪差不多，名字叫作珞琳。她每次受了委屈，都会钻进我怀里哭。你实在不必在我面前隐藏你的眼泪！"他的语气更加温柔了，眼光清亮如水，"或者，你想谈一谈吗？随便说一点什么！我很乐意听！"

"我……我……"新月终于开了口，"我看到了月亮，实在……实在太伤心了……"她呜咽着说不下去。

"月亮怎么了？"他问。

"我就是出生在这样一个有上弦月的夜里，所以我的名字叫新月。我还有一个小名，叫月牙儿。家里，只有阿玛和额娘会叫我月牙儿，可是，从今以后，再也没有人会叫我月牙儿了！"她越说越心碎，"再也没有了！"

努达海心中一热，这样一个瘦瘦弱弱的女孩，怎么承受得住如此沉甸甸的悲痛！他情不自禁地对她把手臂一张，她也就情不自禁地投进了他的怀里。他再一个情不自禁，竟一迭连声地低唤出来："月牙儿！月牙儿！月牙儿……"

听到他这样的柔声低唤，新月仆倒在他臂弯中，痛哭失声了。这一哭，虽哭不尽心底悲伤，却终于止住了那彻骨的痛。从这次以后，她和努达海之间，就生出一种难以描绘的默契来。往往在彼此一个眼神、一个动作中，就领悟了对方的某种情愁。努达海用一份从来没有过的细密的心思，来照顾着她，体恤着她。知道她从小爱骑马，他把自己的马碌儿让给她骑。知道她喜欢听笛子，他命令军队里最好的吹笛人来吹给她听。知道她心疼克善，他派了专门的伙夫做克善爱吃的饭菜。知道她心底永远有深深的痛，他就陪着她坐在营火边，常常一坐就是好几盏茶的时间，他会说些自己家里的事情给她听。关于权威的老夫人，调皮的珞琳，率直的骥远，还有他那贤惠的妻子雁姬……她听着听着，就会听得出神了。然后，她会把自己的童年往事，也说给他听，他也会不厌其烦地、仔细地倾听。因而，当他们快到北京的时候，他们彼此都非常非常熟悉了。她对他的家庭也了若指掌，家中的每一个人，好像都是她自己的亲人一般。她再也没有想到，在她以后的岁月中，这些人物，都成了她生命的一部分。事情经过是这样的：他们回到了北京，王公大臣都奉旨在郊外迎接，端亲王的葬礼备极哀荣。葬礼之后，皇上和皇太后立刻召见了新月、克善和努达海。新月被封为和硕格格，努达海晋升为内大臣。克善年幼，皇上决定待他长成后再加封号。皇太后见姐弟二人相依为命的样子，十分动容，沉吟着说："怎样能找一个亲王贵族之家，把你们送过去，过一过家庭生活才好！如果留你们在宫里，只怕规矩太多，会让你们受罪呢！"太后的话才说完，努达海已自告奋勇，一跪落地：

"臣斗胆，臣若蒙皇上皇太后不弃，倒十分愿意迎接格格和小世子回府！"新月心中，猛地一跳，可能吗？可能吗？如果能住进努达海家，如果能常常见到努达海，自己就不至于举目无亲了！在现在这种状况下，这种安排，简直是一种恩赐！她还来不及做任何表示，克善已迫不及待地对皇太后说：

"这样好！这样好！我们一路上和努达海都熟了，能去努达海家，是我们最高兴的事了！就这样办好不好？"

"新月，你说呢？"太后问。"那是我们姐弟二人，求之不得的事！"新月坦白地说。

于是，事情就这样决定了。新月姐弟，将在将军府中暂住，等到新月服满，指婚后再研究以后的事。

新月和克善迁进将军府那天，真是不巧极了。努达海家中，正闹了个天翻地覆。原来，努达海有个部下，名为温布哈，这次努达海出征，他正卧病在床，不曾随行。就在努达海援救荆州的时候，温布哈病故了。这温布哈有个姨太太，只有二十四岁，名叫甘珠，居然被温布哈的家人，下令殉身陪葬。这事被热心肠的雁姬知道了，实在无法坐视不救。事关生死，她也等不及努达海回家，就自作主张，把甘珠给藏进将军府，无论温布哈家里怎样来要人，她就是不放。

这天，温布哈家的老老少少，穿着孝服，闹进了将军府。雁姬和老夫人都忙着在排难解纷，根本顾不到新月和克善。努达海的马车进了家门，居然没有一个人前来迎接。努达海听到家里一片喧嚣，不知道发生了什么大事，急忙对新月说：

"你和克善在这儿等一等，我带阿山进去看看是怎么了，你们别乱走，等我出来！"

"好的，你快去吧！"新月说。

于是，新月和克善，就带着云娃和莽古泰，四个人站在院子里等。等来等去，没等到努达海，却等来了努达海的一儿一女，骥远和珞琳。骥远和珞琳，是趁着温布哈家的人前来大闹的当儿，带着甘珠准备逃跑。三个人慌慌张张地跑到院子里，一眼就看到四个身穿孝服的男男女女，站在那儿，立刻误会成温布哈家的人了。珞琳脱口惊呼：

"哎呀！不好，这儿还有四个人在拦截呢！"

骥远看了一眼，急急地对珞琳说：

"没关系！只有一个大个儿，交给我！我冲上去，先攻他一个措手不及，你带着甘珠逃，你瞧，咱们家的马车停在门口，你们冲上马车去！你先驾着车去香山碧云寺，我和额娘再来接应你们！"说着，他嘴里发出一声大叫：

"啊……"整个人就飞扑上去，一下子就跳到莽古泰的身上，用他那练过武的、铁般的胳臂，死命地缠住了莽古泰的脖子，双腿一盘，绕在莽古泰的腰上，嘴里大吼大叫着：

"珞琳，甘珠，快跑！"

事起仓促，新月、莽古泰、云娃、克善都大吃一惊。莽古泰一个直接反应，就抓住骧远的手，摔跤似的用力一掀，把骧远从背上直掀落地。骧远完全没料到碰到一个会家子，被摔了个四脚朝天。奔跑中的珞琳回头一看，只见莽古泰已抓住了骧远，把他的胳臂用力给扭到身后，骧远痛得呱呱大叫。珞琳顾不得逃跑了，飞奔回来救骧远。她冲上前去，对着莽古泰又捶又打，一面大叫着：

"放开他！放开他！你这野蛮人，你要扭断他的胳臂了！"

"傻瓜！"骧远也大叫着，"你跑回来干什么？我这不白挨揍了？"新月已经惊讶得花容失色，气急败坏地大喊："你们这是做什么？怎么可以暗算我们？快放了莽古泰！努达海在哪儿？""放肆！"骧远喊着，"居然敢直呼阿玛的名字！"

克善已冲上前去，对骧远和珞琳尖叫着：

"你们两个打一个！"张开嘴，他一口就咬在珞琳手上。

"哎哟！"珞琳痛喊着。

云娃见到克善也卷入战团，真是吓坏了，急忙追上前去，拼命拉扯着，直着脖子叫：

"小主子！小主子！你别上去……"

"克善！克善！"新月也急喊着，用力去拉克善。

骁远毕竟是努达海的儿子，自幼习武，虽然没什么应敌的经验，到底不是等闲的功夫。此时，大吼了一声，铆足了全力，竟把莽古泰和珞琳一起掀翻在地，正好新月急冲上前去救克善，大家撞成了一团。骁远猛一抬头，和新月惊慌的眸子正面相对。彼此这一照面，新月还没什么，骁远却着实一呆，被这张美丽清新的面庞给镇住了。

就在这乱成一团的时候，努达海带着雁姬、老夫人赶来了。"天啊！"努达海大惊，"这是怎么回事？莽古泰，住手住手！这是我儿子呀！珞琳！你怎么躺在地上？"

大家都吓了一跳，纷纷停手。努达海急步上前，一手抓住骁远，一手抓起珞琳，喊着说：

"你们怎么如此鲁莽呀？这是端亲王的子女，新月格格和克善小世子呀！"骁远和珞琳对看了一眼，眼睛睁得一个比一个大。后面的老夫人和雁姬，见到大家打成一团，也都惊讶莫名。努达海放下了骁远和珞琳，对他们两个瞪了一眼：

"今天在宫中，新月已被册封为和硕格格，克善也将袭父爵，是个小王爷呢！你们的见面礼可真奇怪呀，还不向格格和小世子道歉！"骁远和珞琳慌忙跪了下去，齐声说：

"格格吉祥！小世子吉祥！"

老夫人、雁姬率领着乌苏嬷嬷、巴图总管和家丁仆佣等，全都匍匐于地："格格吉祥！小世子吉祥！"

还在闹事的温布哈家人，以及已无法逃走的甘珠也都跪下了："格格吉祥！小世子吉祥！"

新月慌忙去扶起老夫人和雁姬。

"快起来，快起来吧！千万别行此大礼！我的命是努达海救的，现在又到府里来打扰，我充满了感恩之心，把你们都当成家人看待，希望你们也别对我太见外了！"

"哦！"老夫人惊赞着，"到底是端亲王之后，相貌谈吐自是不凡，珞琳骥远，你们可被比下去了！"

珞琳对着新月嘻嘻一笑，挺不好意思的样子。骥远用手抓了抓头，也是一脸的尴尬。新月看看这个，又看看那个，这才知道，这两个年轻人就是努达海一路上跟自己提过好多次的骥远和珞琳！不禁对着他们微微一笑，这一笑，骥远就再一次地怔住了。努达海走过来，搀着老夫人，对新月介绍着："这是家母。"再把雁姬推向前去，"这是我的妻子，雁姬！"

雁姬往前迈了一步，笑吟吟地看着新月。新月也不自禁地、特别注意地看着雁姬，见雁姬雍容华贵，落落大方，明眸皓齿，眉目如画。不禁十分惊讶于她的美丽和年轻，怎样都看不出来，她有骥远和珞琳这么大的一对儿女。

"刚才小犬莽撞，冒犯之处，还望格格见谅！"雁姬说。

"误会一场，哪有什么冒犯之处？"新月连忙回答，指了指甘珠等人，"先排难解纷吧！虽然我没弄清楚是怎么回事，但显然有问题亟待解决！"

大家的注意力这才又回到甘珠的身上。温布哈的遗孀也上前对努达海行礼，急急地说：

"将军！请你为我做主！甘珠是我家的人，我要带走！"

"大家请听我一句话！"雁姬对温布哈的家人朗声说，"这种活人陪葬的事，请你们不要再做了，实在太不人道了！想想看，如果甘珠是你们自己的女儿，你们忍心让她陪葬吗？与其让她陪葬，不如给了我吧！算是咱们将军府向你们家买了个丫头，我愿意出五十两银子买下她来！好不好？"

"可是……"温布哈的妻子仍然不肯放手，"她是温布哈生前的宠姬，既然得宠，自当陪葬！"

"此话错了！"努达海挺身而出，"温布哈生前，最重视的是你这位原配夫人啊！他跟着我东征西讨，常常谈起来的！我可以举出一百个以上的证人来！如果要以得宠的程度来决定由谁陪葬，恐怕还轮不到甘珠呢！"

温布哈的妻子，不禁一怔，立刻变得神情紧张。

"但是，我们现在不必去追究这个，"努达海话锋一转，继续说，"就事论事，陪葬是件残酷之至的事！如果温布哈的侍妾中，有自愿殉情的，又当别论，这样强迫甘珠陪葬，等于是私刑处死，甘珠何罪，要处死她呢？就算她死了，又能让温布哈重生吗？现在，你们就看我的面子，放了她吧！"

"将军！"温布哈的家人仍在喊着。

"你们是否还尊我为将军呢？是否还要听命于我呢？"努达海大声问。众人都跪下了。"那么，这事就解决了！"努达海威严地说，"巴图总管，去账房支银子给温布哈家，甘珠咱们买下来了！如果今天温布哈在世，我向他要甘珠，他也会给了我的，你们信吗？"

温家的众人俯首无语，全都默认了努达海的话。八旗的子弟，对于上级的命令，是非常服从的。

"好了！大家都散了吧！让温布哈早一点入土为安！都回去筹备丧礼吧！"温家的人，见事已至此，虽然并不是心服口服，但也不再闹了，大家纷纷跪下磕头，匆匆地散去了。

努达海见甘珠的一段公案，已经解决，这才欣然地回头对自己的家人说："甘珠的问题解决了，咱们该好好地欢迎新月和克善了！"

新月和克善，就这样住进了将军府。在进门的第一天，就领教了雁姬的能干，骥远的勇武，珞琳的男儿气概，和老夫人的慈祥高贵。她对每一个人都印象深刻。至于努达海全家，对新月的印象，也是深刻极了。何况，没有几个王公大臣家，能有这种荣幸，接一个和硕格格和小亲王到家里来住。因而，全家都喜滋滋地迎接着新月主仆四个。

努达海把府里一座自成格局的小院落，拨给了新月姐弟住。还给这座小院落取了个名字，叫望月小筑。当然，云娃和莽古泰也都住在望月小筑里。雁姬十分殷勤，又另外拨了两个丫头来侍候他们。一个丫头名叫砚儿，另一个名叫墨香。新月就这样，在将军府中，开始了她崭新的生活。

第三章

　　骁远，今年十九岁。珞琳，和新月同年，今年才刚满十七。这一双儿女，一直是努达海的骄傲。比他那辉煌的战功，更让他感到喜悦和得意。当然，这双儿女是非常优秀的。骁远长得俊眉朗目，生性乐观开朗，自幼跟着父亲习武，练了一身好功夫。珞琳从小就是个美人坯子，再加上口齿伶俐，能说善道，深得父母宠爱不说，也是老夫人的开心果。

　　这一对兄妹，是热情的、善良的，都有开阔的心胸，和爽朗的个性。从小生活优裕，使他们不知人间忧愁。新月来了，那样高贵典雅，那样楚楚动人，那样清灵如水，又那样优美如诗。再加上，她的孤苦无依，使她全身上下，都带着一份淡淡的哀愁。她的寄人篱下，又使她眉间眼底，带着浓浓的怵意。这样的新月，是动人的，也是迷人的。珞琳完全被她吸引了，整天往望月小筑跑，不知能为新月做些什么。骁远正值青春年少，从第一天见面开始，就在惊艳的、震动的情绪下，对新月意乱情迷起来。

新月并不知道她已搅乱了一池春水，她只是单纯地享受着骥远兄妹的友谊。努达海这次远征归来，就有一些反常，他比以前沉默，常常心不在焉。他和珞琳一样，也总是不由自主地往望月小筑跑。事实上，那些日子，谁不是有事没事就往望月小筑跑呢？

这天，珞琳知道了新月善于骑术，就兴冲冲地向努达海提议，不妨带新月去郊外骑骑马，免得她整天窝在家里，难免想东想西想爹娘。努达海深以为然。骥远正愁没机会接近新月，闻言大喜，一个劲儿说好。于是，新月、努达海、珞琳、骥远带着小克善，和一群侍卫，就去郊外骑马。

到了郊外，珞琳看到新月骑的是碌儿，就当场撒起娇来："阿玛，你好偏心，把碌儿给新月骑！你从不让任何人碰你的碌儿，为什么对新月不一样？我不依，我就是不服气，我嫉妒死了！"新月有点儿局促了，不知道珞琳是在开玩笑还是说真的，不住地看珞琳又看努达海。只见努达海笑嘻嘻地对珞琳说：

"哈哈！有个人让你吃吃醋，正中我怀！平常把你惯得无法无天了！"他看着珞琳，"你的雪花团哪一点不好了？"

"雪花团没什么不好，就是不能和你的碌儿相提并论嘛！"珞琳笑着，对新月眨眨眼，让新月充分了解到她是被另眼相待了，"新月！我不管，今天我要和你赛一程，看看到底是雪花团厉害还是碌儿厉害！"

新月有些犹豫，骥远已在旁边鼓励地喊：

"去啊！怕什么？杀杀她的威风去！"

"来吧！新月！"珞琳叫着，就一马当先，往前奔去。

新月被这样一激，兴致大起，一夹马肚，追上前去。

骥远见机不可失，当然不会让自己落在后面，嘴中大喝一声："驾！"扬起马鞭，也飞驰向前。

一时间，骥远、新月、珞琳三骑连成了一线，奔驰着，奔驰着。马蹄翻飞，烟尘滚滚。三个年轻人，都忘形地吆喝着，呼叫着。新月被这样的策马狂奔振奋了，她确实忘了荆州，忘了伤痛，忘了孤独，忘了责任……她开始笑了。她的笑声如清泉奔流，如风铃乍响，那么清清脆脆地流泻出来。这可爱的、难得的笑声使珞琳和骥远多么兴奋呀！他们叫着、闹着、尽兴狂奔着。奔了好大一阵，三个人都是并辔齐驱，没有分出什么输赢。然后，新月把马放慢了下来，骥远就跟着把马放慢了。

珞琳掉转马头，发现骥远正和新月有说有笑，眉飞色舞的。她看出了一些端倪，就奔回来打趣地说：

"好哇！新月！你太藐视人了！居然边赛马边聊天！就这么不把我放在眼里啊？""哪有的事？"新月急道，"我追不上你呀！我认输好了！"

"太没意思了，谁要你认输呢？"珞琳嚷嚷着，"别把碌儿调教成了小病猫！来！让我帮你加一鞭！"珞琳一边说着，就一边提起马鞭，冷不防地抽在碌儿的屁股上。

"啊……"新月惊叫了一声，身子猛然往前冲，缰绳都来不及拉紧，碌儿已受惊狂奔。

"新月……"骧远大惊失色，急起直追。

珞琳觉得好玩极了，在后面哈哈大笑。但是，笑着笑着，她觉得不太对劲了。只见碌儿发疯般地狂奔，新月匍匐在马背上，左右摇晃着，手忙脚乱地捞着松脱的缰绳，眼看就要跌下马来。"拉住缰绳！"骧远急得大吼大叫，"把碌儿稳住，快拉缰绳……"新月也知道该快拉缰绳，奈何她捞来捞去，就是捞不着那绳子。她的身子，在马背上激烈地颠簸，颠得她头晕眼花，已不辨东南西北。就在此时，眼前忽然横着一枝树枝，她尖声大叫，衣服已被树枝钩住，整个身子，就腾空而起，往地上重重地摔落下去。说时迟，那时快，骧远已经来不及思想，纵身一跃，就对着新月的方向扑过去。

只听到"砰"的一声，重物落地，接着是"哎哟""哎哟"两声大叫。到底这两个人是怎样翻落地的，谁也闹不清楚。总之，等珞琳、努达海和众人赶到时，看到的是骧远抱着腿在地上呻吟，新月睁着一对惊魂未定的大眼睛，坐在一旁，呆呆地看着骧远发愣。

"怎样了？怎样了？"努达海惊慌地问，"新月……你摔伤了？""我……我好像没事……"新月从地上爬了起来，动了动手脚，"可是……骧远……骧远好像摔得很重……"她着急地俯身看骧远，"骧远！你怎样了？"

"我……我……我……"骧远疼得龇牙咧嘴的，还努力想装出笑容来，"我也没事……没事……只是站不起来了……"

"哥！"珞琳急得快哭了，"我不是故意的，我完全没料到会这样……对不起！对不起！"

努达海翻身落马，一把抱起了骥远。

"快！赶快回家看大夫去！"

等到骥远被抬回家里，就别提全家有多么震动了。老夫人、雁姬、努达海、新月、克善、珞琳、大夫、乌苏嬷嬷、巴图总管、甘珠，和骥远的奶妈丫头们，黑压压地挤了一屋子。老夫人心痛得什么似的，又骂珞琳又骂努达海，只是不敢骂新月。至于那匹闯祸的碌儿，差一点没让老夫人叫人给毙了。幸好，府里养着专治跌打损伤的大夫，经过诊治，骥远只是脚踝脱臼，并无大碍。大夫三下两下，就把骨头给接了回去。骥远虽然痛得眼冒金星，额冒冷汗，但因佳人在座，始终都很有风度地维持着笑容，使雁姬对儿子的英雄气概，赞不绝口。折腾到了晚上，新月带着一腔的歉意，和克善回望月小筑去了。骥远的心，就跟着新月，也飞到望月小筑去了。屋子里没有了外人，雁姬才有机会细问出事的详情。珞琳这一会儿，知道骥远已经没事，她的精神又来了，绘声绘色地把经过又添油加醋了一番。关于骥远的"飞身救美"，自然被渲染得淋漓尽致。努达海原不知道出事的缘由，此时，竟听得发起呆来。这天夜里，雁姬和努达海回到了卧室，雁姬瞅着努达海，只是默默地出神。努达海被看得心里发毛，忍不住问：

"怎么了？""我在想……"雁姬颇有深意地说，"你把新月带回家来，是不是命运的安排，冥冥中自有定数！"

"为何有此一说？"努达海神色中竟有些闪烁，自己也不知道何以心绪不宁。"难道你还不明白，咱们的儿子，是对新月一见倾心了？"

努达海整个人一愣。"你听珞琳胡说八道呢，"他勉强地答着，"这珞琳就会言过其实，喜欢夸张，黑的都会被她说成白的。"

"你少糊涂了！"雁姬笑着，"骥远那份神不守舍的样子，根本就原形毕露了！""原形毕露？"努达海怔怔的，"是吗？"

"是啊！我不会看走眼的！你们男人总是粗心大意一些，才会这样没感觉！依我来看，骥远动了心是绝对没错，就是不知道新月怎样。""难道……"努达海下意识地皱了皱眉头，"你不反对？"

"为什么要反对呢？"雁姬深思地说，唇边带着个自信的笑，"咱们家哪一点输给别的人家了？如果骥远有这个本事，能摘下这一弯新月，那也是美事一桩，咱们大可乐观其成，你说是吗？""嗯，"他轻哼一声，"可是，新月是个和硕格格，将来需要由皇上指婚；骥远的婚姻，也不是我们能做主的……"

"我知道，我知道，"雁姬打断了他，"只要他们两个郎有情，妹有意，一切就不难了。想那太后对新月如此喜欢，到时候只要新月有些暗示，太后自会把新月指给骥远的！所谓指婚，哪一次是真由皇上做主呢？还不都是两家都有意思了，再由皇上和太后来出面的！"雁姬虽然有点一厢情愿，分析得却也合情合理。是吗？努达海不吭气了，手里握着一个茶碗，眼光直愣愣地看着碗里的茶水，神思恍惚。是吗？他模糊地想着，骥远喜欢新月？是吗？他们两个，年龄相仿，郎才女貌，确实是一对璧人啊！"今天，珞琳倒说了一句很俏皮的话，使我心有戚戚焉！"雁姬并未留意他表情上微妙的变化，自顾自地说。

"她说什么？""近水楼台先得月！"努达海猛地一震，觉得自己内心深处，被什么东西重重地撞击了。经过这次摔马事件，努达海去望月小筑的次数，就明显地减少了。新月不说什么，脸上，逐渐露出一种萧瑟的神情，眼底，浮现着落寞。每当和努达海不期而遇，她就会递给他一个微微的笑。那笑容十分飘忽，十分黯淡，几乎是可怜兮兮的。这样，有天晚上，努达海给她送来皇上御赐的春茶，发现她正一个人站在楼头看月亮。他示意云娃不要惊动她，就不声不响地走到她身边。新月只当是云娃走过来，头也不回，只是幽幽地叹了口气。这声叹气，使努达海的心脏没来由地一抽，竟抽得好痛好痛。一阵风过，夜凉如水，努达海不由自主地，解下了自己的披风，默默地披在她的肩上。

新月蓦然回头，这才发现身边站着的是努达海。她一句话都没说，只是用那对盈盈然的眸子，静静地瞅着他，眼中盛载的是千言万语。努达海被这样的眼神给震慑住了，除了静静地回视她以外，什么能力都没有了。两人就这样静静相对，彼此都看得痴了，也都被对方眼中所流露的深情所惊吓住了。"你在生我的气吗？"好半晌，她才幽幽地问了一句，声音中带着微微的震颤，"我做错什么了吗？"

"怎么会？"他的心揪紧了，"为什么要这样问呢？"

"因为……"她住了口，欲言又止。眼光停驻在他脸上。

"因为什么？"他忍不住追问，眼光竟无法和她的视线分开。"因为……"她再说，沉吟着。

他忽然有些害怕起来，他这一生，还没有害怕过什么，可是，此时此刻，他却害怕着这对黑色的眸子，这对闪亮的眼睛。也害怕她将说出的话，和她没说出的话。他蓦地抽身一退，像逃避什么似的，急急地说：

"起风了！咱们进去吧！"

她叹了口气，嗒然若丧，什么话都不再说，默默地跟着他走进了房里。房间中，几盏桐油灯点得明晃晃的，似乎比那楼头的月色来得安全多了。云娃也捧来了刚沏的热茶，笑吟吟地说："格格，努大人特地给你送来的茶叶，挺香的呢！"

于是，他们坐下来，开始品茶。刚刚在楼头，好像发生了什么，又好像什么都没发生。

第四章

骥远的脚伤在一个月后已痊愈，但他对新月的一番痴情却一点儿进展都没有。望月小筑虽然就在府中，可他到底是个男子，总不能有事没事往那儿跑。每次都挖空心思想理由，已经想得他焦头烂额。

这天，他的念头动到了克善身上。

克善最近有些郁郁寡欢。自从在望月小筑定居下来以后，他的生活就变得十分规律。每天吃过早餐，莽古泰是他的"车把式"，定时送他去宫里的书房，和阿哥们一齐念书。下了课，莽古泰就是他的师父，监督他在教场中练功夫。身负重振家园的重任，小克善必须文武兼修。他的功课相当吃重，而新月待他，也非常严苛。克善年纪尚小，这样的生活当然有些不耐，但他最近的心事，却与功课繁重无关。

七月底，他从云娃那儿知道，八月初三就是新月的生日。想起以前在王府中，新月每次过生日，家里都会大宴宾客，请戏班子来唱戏，总要热闹个好几天，现在，什么都没有了。云娃说着说着，就摇头叹气，克善听着听着，也就笑不出来了。云娃说，现在正在为王爷福晋服制，又寄住在别人家，千万不能和新月提生日这事。克善虽然不提，心里却相当难过。那些天，他老想去街上，悄悄地给新月买件礼物，印象中，自己每次过生日，都会收到好多礼物。可是，那莽古泰把他盯得紧紧的，哪儿都不许他去，真把他给气坏了。

就在这时，骥远来救他了。

骥远轻易地就把莽古泰给支开了，更轻易地就知道了小克善的心事。因为，骥远对克善那么好，早就赢得了克善完全的信任。知道新月要过生日，骥远又惊又喜，和克善一样，就挖空心思，想要特别表示一番。于是，这天一早，骥远自告奋勇来当克善的"车把式"，莽古泰不疑有他，就把克善交给了骥远。脱离了莽古泰的监督，克善有如脱缰野马。骥远带着他，先去逛天桥，又看杂耍又看猴戏，又吃点心又吃小馆，玩得不亦乐乎。然后，两个人就开始给新月买礼物。这一下就累了，想那新月出身王府，什么好东西没见过，骥远挑来挑去，没有一样东西看得中意。从小摊子挑到了大商店，从绸缎庄挑到了首饰铺……不知道走了多少路，看了多少店，最后，才在一家古董店里，发现一条项链。说来也巧，这条项链像是为新月定做的：它是由三串玉珠串成的，三串珠珠中间，悬挂着一块古玉，正是一弯新月。这还不说，在那些小玉珠珠之中，还嵌着一弯弯银制的月亮，每一弯都可以动，荡来荡去的。这条项链，使骥远和克善的眼睛都同时一亮。

克善立刻就欢呼着说："太好了，不要再挑了，就是这个了！姐姐看了，一定会高兴得昏过去！"这条项链价值不菲。好在骥远有备而来，带了不少的钱，才买到手。等到项链买好了，早已过了平常下书房的时间。骥远把项链藏在克善的书包里，千叮咛万嘱咐，不能在新月生日前拿出来。两人看看时光已晚，一面匆匆忙忙赶回家，一面急急忙忙编故事。谁知，新月到了下课时间，仍然让莽古泰去宫中接克善。莽古泰去了宫里，这才知道克善逃了学。而且，是在骥远的协助下逃了学。新月这一怒非同小可，左等右等，好不容易把克善等回来了，一见后面，还跟着个骥远，新月真是气不打一处来。她紧板着一张脸，直视着克善问：

"你今儿个上了书房？"

"当然上了书房……"骥远一看情况不妙，抢着要帮克善遮掩，"回来的时候，路上有点儿耽误……"

"我没问你！"新月对骥远一凶，"让他自己说！"

"我……我……"克善紧张地点点头，"是啊！"

"你上了书房，那么师父今天教了什么书，你说来听听看！"克善着慌了，两眼求救地看着骥远。

"哦……"骥远连忙又抢话，"我问过他了，今天师父不教书，光叫他们写字！""对对对！"克善像个小应声虫。"师父没教书，只叫我们写字！""拿来！"新月一摊手，"把你写的字拿给我看看！"

克善一呆，身子不自禁地往后一退。

新月再也沉不住气，霍然冲上前来，伸手就去抢克善的书包。克善大惊失色，生怕项链被发现，死命抱住书包不放。"你……你要干吗？"克善一面挣扎一面喊着，"这里头没有，字写完了，就……就搁在书房，没带回来嘛！"

"你还撒谎！你每一句都是谎话！"新月抓了桌上的一把戒尺，就往克善身上抽去，嘴里沉痛至极地骂着，"你这样不争气不学好，怎么对得起地下的阿玛和额娘？荆州之役你已经忘了吗？爹娘临终说的话你都不记得了吗？你翘课，不读书也就罢了，你居然还说谎、编故事、撒赖……无所不用其极……你气死我了！气死我了……"

克善从来没见过姐姐这个样子，吓得脸色发白，他也从没挨过打，痛得又躲又叫。骥远大惊，急忙拦在克善前面，对新月喊着说："别冤枉了他，坏主意都是我出的！他不过是累了，想出去逛逛街……我知道你对他期望甚高，可他到底只有八岁呀！整天文功课、武功课，折腾到晚上还要背功课，实在也太辛苦了嘛！所以……所以我才出主意……带他出去走走……"

"我不要听你说话！"新月听到这话，更加生气，对着骥远就大吼出声，"不要以为我们今天无家可归，寄住在你们家，我就该对你百般迁就！你出坏主意我管不着，我弟弟不学好，我可管得着！你别拦着，我今天不打他，地底下的人，一个都不能瞑目！"新月一边吼着，一边已从骥远身后，拖出了克善，手里的戒尺，就雨点般落在克善身上。新月原是只要打他的屁股，奈何克善吃痛，拼命用手去挡，身子又不停地扭动，因而，手背上、头上、肩上、屁股上全挨了板子。云娃和莽古泰站在一边，急得不得了，却一句话也不敢说。骥远看情况不妙，什么都顾不得了，冲上前去抱住了克善，硬用身子挡了好几下板子。他叫着说："别打了！别打了！他不是贪玩翘课，想出去遛遛固然是真的，但是，真正的目的是要给你买生日礼物啊！"骥远说着，就去抢克善的书包，"不相信你瞧！"

克善早已泪流满面，一边哭着，还一边护着他的书包，不肯让骥远拿。新月闻言，整个人都怔住了，收住了手，目瞪口呆地看着克善。云娃急忙扑过去，抓住书包说：

"里面到底有什么？快拿出来吧！都被打成这样了，怎么还不说？"书包翻开，就露出了里面那考究的首饰盒。克善这才呜咽着，把首饰盒打开，往新月怀里一放，抽抽噎噎地说：

"本来要等到你过生日才要拿出来……找了好久好久嘛！上面有好多好多月亮嘛……你看你看……有大月亮还有小月亮，和你的名字一样嘛……"

新月抓起了那项链，不敢相信地看着。手里的戒尺，就"砰"地落在地上。她的眼光，直勾勾地瞪着那项链，一时间，她似乎没有思想也没有意识。接着，她蓦然间就崩溃了，她竟然"哇"的一声，放声痛哭起来。这一哭，哭得真是肝肠寸断。她对克善扑跪了过去，一把就紧紧地抱住了他，泪水成串成串地滚落，她哭得上气不接下气，呜咽不能成声。

克善被新月这样惨烈的痛哭又吓住了，结结巴巴，可怜兮兮地说："姐！姐！对不起……对不起嘛！以后……以后不……不敢了嘛……"新月被他这样一说，更是痛哭不已，她紧紧地抱着他，好半天，才哽咽着吐出一句话来：

"是我……对不起你……我……我……对不起，对不起，对不起……"她一迭连声地说了好多个对不起。

"姐！姐！姐！"克善喊着，再也忍不住，用双手回抱住新月，也大哭起来，"是我不好嘛，可我不敢跟你说，你一定不会答应我，给我去上街的！"

云娃站在一旁，眼泪滴滴答答地往下掉，莽古泰湿着眼眶，拼命吸着鼻子。骥远怔怔地看着这一幕，只觉得鼻中酸楚，心中凄恻。这是第一次，他看到了新月的坚强，也看到她的脆弱，看到她的刚烈，也看到她的温柔。如果要追究他对新月的感情，是何时深陷进去的，大概就是这日了！

八月初三到了，望月小筑冷冷清清的。因为新月再三地嘱咐，不可把生日之事泄露给大家知道，所以，努达海他们没有任何表示。到了晚上，新月情不自禁地又站在楼台上，看着天上的一弯新月，思念着她的爹娘。忽然间，她发现楼下的庭院里，出现了一盏灯，接着，是第二盏灯，第三盏灯，第四盏灯……越来越多的灯，在满花园中川流不息地游走，煞是好看。她太惊奇了，慌忙叫云娃、克善、莽古泰都来看。四个人站在楼台上，看得目瞪口呆。然后，那些灯被高高举在头顶，这才看出举灯的是几十个红衣侍女。侍女们又一阵穿梭，竟然排列成了一弯新月。夜色中，由灯火排列成的新月闪闪发亮，耀眼而美丽。接着，侍女们齐声高呼：

"新月格格，万寿无疆！青春永驻！快乐常在！"

新月又惊又喜，简直意外得不知该如何是好。云娃和克善兴奋得抱在一起叫。然后，就有两列丫头，手举托盘，里面全是佳肴美点，从望月小筑的门外鱼贯而入。新月等四人连忙迎上前去，珞琳一马当先，已经奔上楼来。她后面，紧跟着老夫人、努达海、雁姬、骧远。珞琳抓住新月的手，热情地嚷嚷着："咱们才不会让你一个人冷冷清清地过生日呢！骧远老早就泄露给咱们知道了，这几天，全家都在秘密安排着，忙得不得了！这个'灯火月牙'可是专门为你排练的，是阿玛亲自指挥的哟！我看他比指挥打仗还累，待会儿月牙儿歪了，待会儿月牙儿又不够亮……可把这帮丫头给折腾够了！"

新月听着，抬起眼睛，就接触到努达海的眼光，那样温柔的眼光，那样宠爱的眼光。新月心中怦地一跳，整颗心都热腾腾的。她再看雁姬，那么高贵，那么典雅，美丽的双眸中，盛载着无私的坦荡。她心中又怦地一跳，喉咙中竟然哽住了，她环视大家，一句话都说不出口。下意识地，她伸手摸着胸前悬挂的新月项链，简直掂不出这个生日的分量，它太重太重了！

第
五
章

　　这个十七岁的生日，使新月心中，有了若干的警惕。她
比以前更深刻地体会出这个家庭的幸福和温暖，也比以前更
深刻地体会出雁姬的风华气度。自从来到努达海家，她就发
现这个家庭和别的王公大臣家完全不同，别的家里姬妾成群，
努达海却连个如夫人都没有。现在，看雁姬待上有礼，待下
亲切，待努达海，又自有一份妩媚温柔，她就有些明白过来
了。原来，一个可爱的女子，可以拥有这么多人的爱和尊敬。
这，是让人羡慕而感动的！于是，新月在一种崭新的领悟中，
告诉那个已有一些迷糊的自己：她也将以一颗无私的心胸，
来爱这个家庭里的每一个人！

　　这种想法，想起来容易，做起来却全不是那么回事。人
类的感情，从来不可能"平均分配"。但，对年仅十七岁的新
月来说，她实在没有能力去分析那么多了。

　　生日过后的第三天，克善出事了。

这天，克善的课上了一半，就在书房中晕厥了。幸好努达海正在朝中，立刻赶到书房，会合了三位太医，诊察了克善。然后，努达海带着克善，连同宫中最有声望的韦太医，一齐驾了车，飞驰回府。抱着克善，直奔望月小筑，在众人的惊愕震动中，努达海十分严重地对全家宣布：

"大家听我说，克善高烧呕吐，浑身起斑疹，据三位太医的联合诊断，是害了现在正在城里流行的伤寒症！"

此语一出，全家都吓傻了，尤其新月，已经面无人色。

"伤寒？"老夫人见多识广，惊呼着说，"那还得了？这病会传染呀！""确实不错，"太医接口说，"从今年年初起，这病就在北京郊区蔓延，已经有上万的人不治了。四月间，皇上明发上谕，已把西山划为疫区，凡得此病者，都送到西山去隔离治疗，以免疫区扩大……""那……那……"老夫人惊慌而碍口地说，"咱们是不是还是遵旨办理……""不！"努达海坚定地说，"送到西山，是让他自生自灭，我决不放弃克善！所以，你们大家听好，从现在开始，这望月小筑就是疫区了！你们谁也不要进来，以免传染！同时，要把府里所有的人手聚集起来，在府里进行消毒工作！消毒的方法，太医会告诉你们，雁姬，你带着大家，去切实执行！""是！"雁姬应着，眼光不自禁地紧盯着努达海，"可是……你……""这个病虽然可怕，但是并非不治之症，"努达海打断了雁姬的话，显然已经明白她要说什么，"韦太医就曾经治好了好几个，所以，我们要有信心！而且，我在八年前，也得过此症，现在还不是好端端的？"

"你在八年前得过此症？"老夫人太惊愕了，"怎么我一点也不知道？""就是那年和温布哈一齐出征时，在湖北山区里得的，不信你问阿山！"阿山是努达海的亲信，跟着努达海征战多年，"太医说，这个病和出天花一样，得过一次的人就不会再得，所以，我和太医带两个身体强壮的丫头留在这儿照顾克善，你们全体给我离开望月小筑，新月，你也一样！"

"要我离开这儿，是绝不可能的事！"新月往克善床前一站，满脸的惊惧与焦灼，满眼的悲苦与坚决，"克善害了这么重的病，都是我没把他照顾好的原因，我现在已经急得五内俱焚……不知道该怎么办，只知道，你们用一百匹马来拉我，也休想把我从这床前拉开一步！"

"我也是！"云娃立刻接话，和新月同样地坚决，"这个病既然是传染的，对任何人都不安全，不能让努大人家里的丫头冒险，我和莽古泰，是端亲王指派来侍候小主子的，我们和小主子同生共死！所以，有我和莽古泰在这儿就够了，不用再麻烦别人了！""加我一个！"骥远热烈地说，"我年轻力壮，绝对不会被传染！""我也要帮忙！"珞琳往前一站。

"你们都疯了吗？"老夫人声色俱厉了，"你们当作这是凑热闹好玩吗？这是会要人命的！"

"对！"努达海也严厉地说，"你们唯一能帮忙的事，就是保护好你们自己，让我没有后顾之忧！""努达海！"雁姬忍不住深深地看着努达海，认真地问，"你八年前真的害过伤寒？不是别的病？你真的不会被传染吗？""你以为我会拿自己的生命来开玩笑？"努达海一脸的严肃，"我自己害过的病，我还会不了解吗？连症状都和克善一模一样！""我想，"新月对努达海急切地说，"这儿有太医，有我，有莽古泰和云娃，已经够了，我不管你害过还是没有害过，我就是不能让你来侍候克善，请你和大伙儿一起离开这儿吧！"

"说的是什么话？"努达海几乎是生气了。"这是什么时候了？还在这儿讨价还价！"他抬头看着雁姬，果断地说："别再浪费时间了，就这么决定，我、太医、新月、云娃、莽古泰留着，你把所有的人都带出去，去做你们该做的事！除了按时送饭送药以外，不许任何人接近这儿，一切你多费心张罗了！"雁姬的双眸，一瞬不瞬地注视着努达海，多年以来，对努达海的信任和热爱，使她不再怀疑，也不再犹豫。她眼中充满了柔情与支持，坚定地说：

"你只管放心吧！"她看了一眼新月，更加细心地叮嘱着，"既然你已经害过，不怕传染，你就多辛苦一些，别让新月过劳了！也别让她传染了！"

接下来，是好可怕的日子。

克善的病，来势汹汹。他浑身火烫，全身起满了一块块红斑，在床上挣扎翻滚。喂进去的药，一转眼间就全吐了出来，吃下去的东西也是如此。几天下来，他已是骨瘦如柴，双颊都凹陷下去。接着，他开始咳嗽气喘，常常一下子就喘不过气来，眼看就要停止呼吸，好几次都吓得新月魂飞魄散。然后，克善又开始腹泻……被单换了一条又一条。

整个望月小筑，笼罩在一片愁云惨雾里。不只是愁云惨雾，还充满了紧张与忙碌。院子里，到处拉了绳索，晾满了大小毛巾、床单、被褥。空地上架着个大铁锅，里面煮着要消毒的被单和毛巾。莽古泰忙不迭地烧火、搅被单，还要在屋子的各个角落洒石灰水。云娃跑出跑进，一会儿送弄脏的衣物出来，一会儿又把熬好的药端进去。新月衣不解带地守在克善床边，每当克善弄脏了床单，她和努达海就双双抢着去清理换新。努达海本来是不让新月动手的，但是，后来也已顾不得了。叹了口气，他无奈地说：

"只希望上苍垂怜，让你能免于传染，否则，你就逃也逃不掉了！"然后，他就紧张地监督着她去洗手消毒，他自己也拼命地洗刷着。等到第五天，克善的情况更坏了，他完全昏迷了，嘴唇都已烧裂，偶尔睁开眼睛，他已不认得任何人，眼光涣散而无神。他嘴中，模模糊糊地，叫着阿玛和额娘。这种呼唤，撕裂了新月的心。到了这个地步，太医已经不能不实话实说了：

"我已经尽力了！无奈小世子体质甚弱，病势又如此凶猛，到了这一步，再开什么药，怕也无能为力了……"

新月如闻晴天霹雳，扑过去就摇着太医：

"什么叫无能为力？怎么会无能为力？太医！您医术高超，您快开药……""说实话，他……他大概熬不过今晚了！"太医说。

"不……"新月发出一声撕裂般的狂喊，对着太医跪了下去，"你救他！你救他！求求你救救他……"她说着就要磕下头去。"使不得！使不得！"太医手忙脚乱地来拉她，"格格快请起来！""新月！"努达海拉起了她，用力地摇了摇她，"听我说，还没有到最后关头，我们谁都不要放弃，我想，上苍有好生之德，老天爷也应该有眼，保留住端亲王这唯一的根苗，否则就太没有天理了！至于咱们，更不能在这个节骨眼上就绝望了，就崩溃了，所谓尽人事，听天命！让我们全心全力来尽人事吧！我相信，他会熬过去的！"说着，他又一把拉住了太医，"太医！请你也不要轻言放弃！良医医病，上天医命！我把他的病交给你，他的命交给上苍！"

太医被说得精神一振。

"是！我再去开个方子！"

云娃和莽古泰急急地点头，好像在黑暗中看到一盏明灯似的。新月怔怔地看着努达海，在努达海这样坚定的语气下，整个人又振作了起来。那是漫长的一夜，守在克善床边的几个人，谁都不曾合过眼。远远地打更声传了过来，一更、两更、三更、四更……克善的每一下呼吸，都是那么珍贵，脉搏的每一下跳动，都是众人的喜悦。然后，五更了。然后，天亮了！克善熬过了这一夜！大家互望着，每个人的眼睛都因熬夜而红肿，却都因喜悦而充满了泪。接下来是另一个白天，接下来又是另一个黑夜。克善辛苦地呼吸着，始终不曾放弃他那羸弱的生命。每当新的一天来临，大家都好像携手打赢了一场艰苦的战争。可是，下面还有更艰苦的战争要接着去打。

十天过去了，每一天都十分危险的，但是，每一天都熬过去了。十天之后，新月已经非常消瘦和憔悴。努达海立了一个规定，大家都要轮班睡觉，以保持体力。新月也很想遵守规定，奈何她太担心太紧张了，她根本无法合眼。这天晚上，她坐在克善床前的一张椅子里，再也支援不住，竟昏昏沉沉地睡着了。努达海轻轻地站起身来，拿了一条被，再轻轻地盖在新月身上。虽然努达海的动作轻极了，新月仍然一惊而起，恐慌地问："怎样了？克善怎样了？"

"嘘！"努达海轻嘘了一声，"他还好，一直在睡，倒是你，再不好好休息一下，如果你也倒下去了，怎么办？"

她抬眼瞅着他。她的眼中，盛满了感激、感动、感伤和感恩。"我如果倒下去了，是为了手足之情，你呢？"她问。

他的心脏，怦然一跳。他注视着面前那张憔悴的脸，那对盈盈然如秋水的双眸，顿感情怀激荡，不能自已。

"我是铜墙铁壁，我不会倒下去。"他说。完全答非所问。

"现在就我们两个在这里，你能不能诚实地答复我一个问题？"她忽然说。"什么问题？"他困惑着。

"你从没有害过伤寒是不是？"

他大大地一震，没料到她会有此一问，竟愣了愣，才勉强地回答："我当然害过！""你没有！"她摇头，两眼定定地看着他。"你骗得了所有的人，但是你骗不了我！这些日子，我看着你的一举一动，你勤于洗手消毒，你对克善的症状完全不了解……你根本没害过伤寒！""我害过……"他固执地说。

她忽然扑向了他，激动地一把握住了他的手，用带泪的声音，急切地说："请你为我，成为真正的铜墙铁壁，因为我好害怕……如果你被传染了，如果你变成克善这样，那我要怎么办？失去克善或是失去你，我都不能活！请你为了我，一定一定不能被传染……你答应我，一定一定不会被传染……"

这下子，他所有的武装，一齐冰消瓦解。他再也控制不了自己，竟把她一拥入怀。他紧紧地、紧紧地抱着她。感觉到她浑身在战栗，他的心就绞成了一团。

"我答应你，我答应你，我答应你……"他一迭连声地低喊出来，"你放心，我会为你活得好好的！你绝不会失去我！我是铜墙铁壁，而且百毒不侵！"

她睁大了眼睛看着他，眼中蓄满了泪。他也目不转睛地凝视着她，带着满心的震颤。死亡就在他们身边徘徊，此时此刻，他们什么都顾不得了。即使会万劫不复，他们也顾不得了。又过了三天，克善身上的红疹退掉了。云娃兴奋地喊着："格格！你快来看，红疹退了！红疹退了！"

努达海、太医、莽古泰、新月都赶过来看。太医翻开了克善的衣服，仔细地检查，再测量他的呼吸、脉搏和体温。

"斑疹退了，烧也退了！"太医一脸的不可思议，"真是精诚所至，金石为开呀！恭喜格格，恭喜努大人！我想，小世子已经没有生命危险了……"

太医的话还没说完，床前的四个人已发出了欢呼声，新月和云娃，更是忘形地拥抱在一起，又哭又笑。莽古泰"扑通"一声，就跪倒在太医面前，倒头就拜。

"莽古泰给太医磕几个响头，谢谢太医！谢谢太医！"

他这样一跪，云娃也跪下去了。新月立即整整衣衫，也预备跪下去，谁知才走了两步，忽然觉得一阵天旋地转，眼前一黑，双腿一软，整个人就倒下去了。

"新月！"努达海大叫着，一把抱起了新月，脸色雪白地瞪着她，"不许被传染……大夫……大夫……你快检查她！不可以被传染……我不允许！我不允许……"

新月醒过来的时候，发现自己正躺在自己的房间里，坐在床边凝视着她的，是满脸柔情的努达海。

"我怎么了？"她虚弱地问，神思有些恍惚。

"你只是太累了，一高兴就晕过去了！"努达海给了她一个灿烂的笑，"可是你真把我吓了一大跳，幸好大夫就在身边，马上给你做了检查……你放心，什么事都没有，真的！"

新月呆呆地看着他，仍然觉得头昏昏沉沉，四肢无力。忽然间，她有些惊恐起来，紧张地瞪着努达海，她说：

"你有没有骗我？是不是我已经被传染了？"她猛地从床上坐了起来，用双手拼命地去推他，"你快离开这儿！快走开！不要靠近我！我求求你……求求你……"

他忙用手去抓她的手。

"你躺下来，不要乱动！好好地休息！我不是告诉你了吗？你没有被传染，真的，真的……"

"我不相信你！"她喊着，"你这人好会说谎……明明没害过伤寒，你也会说害过，你快出去！我不要你被传染，那比我被传染严重太多太多了……你走你走呀……"

"我没有骗你，我没有说谎，"他喊着，"你确实只是太累了……""不是不是，"她拼命摇头，"你说谎！克善刚开始就是这样的……我求求你，请你离开望月小筑，求你，求你……"

他抓着她的手，她却拼命地挣扎着，整个人陷在一种紧张的精神状态里。努达海给她逼急了，突然间，他用双手捧住了她的头，就用自己的唇，堵住了她的嘴。

新月骤然间停止了一切的挣扎，她的脑中一片空白，什么都不能想了。只觉得，整个人化为一团轻烟轻雾，正在那儿升高、升高……升高到天的边缘去。奇怪的是，这团轻烟轻雾，居然是热烘烘的、软绵绵的。而且，还像一团焰火般，正在那高高的天际，缤纷如雨地爆炸开来。

像是过了几千几万年，那焰火始终灿烂。然后，他的唇从她的唇上，滑落到她的耳边：

"现在，我是说谎也罢，不是说谎也罢，如果你生病，我也逃不掉了！"

第六章

克善的病，来得急去得慢，但是，总算是过去了。

整个将军府，没有第二个人被传染，也算是不幸中之大幸。骥远对克善的生病，真是内疚极了，他总认为，都是去买生日礼物那天闯的祸。如果不是他纵容克善去吃小摊，大概也不会染上这个劳什子伤寒！总算上天庇佑，克善有惊无险。望月小筑这个疫区，终于又开放了。正如珞琳所说："对家里的每一个人来说，都好像挨过了好几百年。"是的，确实好像过了好几百年。雁姬有些迷糊，有些困惑，怎么？一个月的闭关，竟使努达海变得好陌生，好遥远，确实像是来自另一个世界，另一个年代。

雁姬是个冰雪聪明的女子，有一颗极为细腻的心。和努达海结缡二十年，彼此间的了解和默契，早已达到水乳交融的地步。当努达海变得神思恍惚，心不在焉，答非所问，又心事重重时，雁姬就突然感到一种前所未有的紧张和压迫。

当努达海在床笫间，也变得疏远和回避时，雁姬心底的惊疑，就更加严重了。不愿相信，不能相信，不敢相信，也不肯相信……怎么可能呢？那新月年轻得足以做努达海的女儿啊！不但如此，她还是骥远的梦中人呀！努达海于情于理，都不该让自己陷入这种不义中去呀！

雁姬有满腹的狐疑，却不敢挑明。每天在餐桌上，她会不由自主地去悄悄打量着新月和努达海，不止打量新月和努达海，也打量骥远和珞琳。越看越是胆战心惊。新月的眼神朦胧如梦，努达海却总是欲语还休。骥远完全没有怀疑，只要见到新月，就神采飞扬。珞琳更是嘻嘻哈哈，拼命帮骥远敲边鼓。这一切，真让雁姬不安极了。

这晚，努达海显得更加心事重重，坐立不安了。他不住地走到窗前，遥望着天边的一弯新月发怔。雁姬看在眼里，痛在心里。有些话实在不能不说了：

"你给我一个感觉，好像你变了一个人！"

"哦？"他有些心虚，掉过头来看着她。

"我知道，"她静静地说，"这一个月以来，对于你是一种全新的经验，因为你这一生从没有侍候过病人。但是，现在克善已化险为夷，不知道你的心能不能从望月小筑中回到我们这个家里来呢？别忘了，你在你原来的世界里，是个孝顺的儿子，温柔的丈夫，谈笑风生的父亲，令人尊敬的主子，更是国之栋梁，允文允武的将相之材！"

这几句话，像醍醐灌顶似的，使努达海整个人都悚然一惊。"新月真是人如其名，娟秀清新，我见犹怜。"雁姬面不改色，不疾不徐地继续说道，"真是难为了她，比珞琳还小上好几个月，却这么懂事，这么坚强。将来，不知道是怎样的王孙公子才配得上她。我家骥远对她的这片心，看来，终究只是痴心妄想而已。和硕格格有和硕格格的身份和地位，我们家这样接待着他们，也得小心翼翼，就怕出错，你说是吗？"

努达海热腾腾的心，像是忽然间被一盆冷水从头淋下，顿感彻骨奇寒。是啊！新月比珞琳还小，新月又是骥远所爱，自己到底在做什么呢？他呆呆地看着雁姬，这才发现雁姬的眼光那么深沉，那么幽远，那么含着深意。他颤抖了一下，仿佛从一个迷迷糊糊的梦中惊醒过来了。

这天深夜，努达海辗转难以成眠。雁姬虽然合眼躺着，也是头脑清醒。三更之后，努达海以为雁姬已经睡熟了，竟再也控制不住自己，披衣起身，直奔望月小筑而去。他并不知道，他才离开房间，雁姬也立刻披衣下床，尾随他而去。

云娃看到努达海深夜来访，心中已经有些明白，这些日子，努达海和新月间的点点滴滴，云娃虽不是一清二楚，也了解了七八分。奉上了一杯茶，她就默默地退下了。努达海见闲杂人等都退开了，就对新月诚挚地、忏悔地、急促地说了出来："新月！我来向你忏悔，我错了！我犯了一个严重的错误！"

新月脸色发白，呼吸急促，她直勾勾地瞪视着他，一句话也不说。"那是不可以发生，不应该发生的，而我却糊里糊涂，莫名其妙地让它发生！我可以对你发誓，我一直想把你当成女儿一样来疼爱，我给你的感情应该和我给珞琳的是一样的，如今变成这样，都因为我意志不坚，毫无定力，彻底丧失了理性，才会发生的……不管我有多么想保护你，多么想安慰你，我都不可以在言语上失控，更不应该在举止上失态……"

新月听到这儿，泪水已冲进了眼眶，她的身子往后踉跄一退，脸色雪白如纸。她用带泪的双眸，深深地瞅着他，吸了口气说："你半夜三更来我这儿，就为了要和我划清界限？"

"听我说！"努达海心口一抽，心中掠过了一阵尖锐的刺痛，"有许多事，我们可以放任自己，有许多事却不可以放任！你对我来说，太美太好，太年轻太高贵，我已是不惑之年，有妻子儿女，我无法给你一份完美无缺的爱，既然我无法给，我还放任自己去招惹你，我就是罪该万死了！"

她打了一个寒战，眼睛一闭，泪珠就扑簌簌地滚落。

"不要说了！我都明白了！"她激动地喊着，"你又回到你原来的世界里去了，所有的责任、亲情、身份、地位……种种种种就都来包围你了。你放心，这一点点骄傲我还有，我不会纠缠你的！""你在说些什么呢？"努达海又痛又急，一把握住了她的手腕，摇着她说，"你如果不能真正体会我的心，你就让我掉进黄河都洗不清了！我现在考虑的不是我自己，是你啊！你的未来，你的前途，那比我自身的事情都严重，我爱一个人，不是就有权利去毁灭一个人啊！"

她的眼中闪耀出光彩来。

"你说了'爱'字，你说了你真正的'心'，够了！你是不是也该听我说两句呢？让我告诉你吧！我永远记得我们第一次见面，你骑着碌儿，飞奔过来，像是个天神般从天而降，扑过来救了我。就从那天起，你在我的心中，就成了我的主人，我的主宰，我的神，我的信仰，我情之所钟，我心之所系……我没有办法，我就是这样！所以，你如果要我和你保持距离，行！你要我管住自己的眼神，行！你要我尽量少跟你谈话，行！甚至你要我待在望月小筑，不许离开，和你避不见面，都行！只有一件事你管不着我，你也不可以管我！那就是我的心！"她定定地瞅着他，眸子中的泪，已化为两簇火焰，带着一种灼热的力量，对他熊熊地燃烧过来。"我付出的爱永不收回，永不悔改。纵使这番爱对你只是一种游戏，对我，却是一个永恒！"他瞪视着她，太震动了。在她说了这样一番话以后，他什么话都说不出口了。和她那种义无反顾比起来，他变得多么寒碜呀！他在她的面前，就那样地自惭形秽起来。在自惭形秽的感觉中，还混合着最最强烈、最最痛楚、最最渴望、最最心酸的爱。这种爱，是他一生不曾经历，不曾发生过的。他凝视着她，一动也不动地凝视着她，无法说话，无法思想，完全陷进一种前所未有的大震撼里。

门外，雁姬站在黑暗的阴影中，也陷进一种前所未有的大震撼里。一连好几天，雁姬不能吃，不能睡，她觉得自己病了，病得整个人都恍恍惚惚的。她这一生，从没有碰到过这样的难题，她完全不知道该如何去解决，只知道一件事，她恨新月！她一天比一天更恨新月！一个十七岁的小女子，在清纯与天真的伪装下，掠夺了她的丈夫，征服了她的儿子！这两个男人，是雁姬全部的生命啊！而且，这以后要怎么办？如果骧远知道了真相，他将情何以堪？雁姬不敢想下去，她被那份模糊的、朦胧的、"来日大难"的感觉给吓住了。

三天后，雁姬振作了起来，进宫去和皇太后"闲话家常"。这一"闲话家常"，新月的终身就被决定了。

从宫中回来，雁姬亲口把这个消息，告诉了全家人。在她心里，多少有些报复的快感。她抓着新月的手，笑吟吟地说："新月！恭喜恭喜！太后已经内定了一个人选，等你一除服，就要办你的终身大事了！"

"内定了一个人选？什么叫内定了一个人选？"骧远脱口就问了出来，惶急之色，已溢于言表，"是谁？是谁？"

"安亲王的长公子，贝勒费扬古！"雁姬镇定地说。

除了老夫人以外，满屋子的人，没有一个有好脸色。新月面孔立即变得雪白，一语不发。努达海身子蓦然一僵，像是被一根无形的鞭子给猛抽了一下。骧远是整个人都呆掉了，不敢相信地怔在那儿。珞琳更加沉不住气，冲到雁姬面前，气急败坏地问："怎么会突然说起这个？现在内定不是太早了吗？你怎么不帮新月说说？不帮新月挡过去呢？"

"傻丫头！"雁姬竭力维持着语气的柔和，"这是好事呀！女孩子家，迟早要嫁人的！你嫌早，人家说不定还嫌晚呢！太后完全是一番好意，把好多王孙公子的名字都搬出来选，我们讨论了半天，家世、人品、年龄、学问、仪表……都讨论到了，这才决定了费扬古，你们应该为新月高兴才对！垮着脸干什么？""你和太后一起讨论的？"珞琳一脸的不可思议，"你也参加了意见？你怎么糊涂了？要把她说给那个费扬古？"

骥远心里那份怄，就别提有多严重了。愤愤地看了一眼雁姬，重重地一跺脚，转身就奔出门外去了。珞琳嘴里大喊着："骥远！骥远……咱们再想办法……"跟着就追了出去。

老夫人看着这等状况，真是纳闷极了，她虽然对骥远的心事有些模糊的概念，却并不进入情况，她皱皱眉说：

"这些孩子是怎么了？一个个毛毛躁躁的！"

老夫人话没说完，新月已仓促地对大家福了一福，气促声低地说："对不起，我有些不舒服，我先告辞了！"说完，她不等老夫人表示，就扶着云娃，匆匆而去了。

雁姬默默地看着她，消失在回廊尽头。她挺直了脊梁，感到一股凉意，从背脊上蹿起，扩散到全身。她知道，珞琳和骥远，都对她气愤极了。这还不止，在她背后，努达海的眼光，正像两把利刃，在切割着她的背脊和她的心。

努达海回到了卧房，把房门一关，就对雁姬愠怒地开了口："这是你一手促成的对不对？是你怂恿太后指婚的，对不对？""怂恿？你这是在指责我吗？好奇怪，这个消息，除了额娘以外，似乎把每一个人都刺痛了！""因为每一个人都喜欢新月，就算要指婚，也不必这么迫在眉睫，赶不及要把她嫁出去似的……"

"坦白说，我是迫不及待！"雁姬头一抬，两眼死死地盯着努达海，"如果不是碍于丁忧守制，我就要怂恿太后立刻指婚，免得留她留出更大的麻烦来！"

"你是什么意思？有话明说，不要夹枪带棒！"

雁姬狠狠地看着努达海，心中的怒火，迅速地燃烧起来。

"你当真以为装装糊涂，摆出一脸无辜的样子，说几句莫名其妙的话，就算是天衣无缝了吗？"

努达海震动着，定定地回视着雁姬。两人的眼睛里都冒着火，瞬息间已交换了千言万语。

"你都知道了？"他喑哑地问。

"是！我都知道了！"她悲愤地喊了出来，"那天深更半夜，你夜访新月，我跟在你后面，也去了望月小筑，所以，我什么都知道了！"努达海一震，睁大了眼睛，瞪视着她。

"既然你都听见了，你应该知道，我去那儿，就是为了要做个了断的！""结果你了断了吗？"她咄咄逼人地问，"如果了断了，今天为什么还会刺痛？为什么还会愤怒？为什么还要气势汹汹地来质问我？她有了一个好归宿，你不是该额手称庆吗？不是该如释重负吗？你痛苦些什么？你告诉我！你生气些什么？你告诉我！""既然你已经把我看透了，你还有什么好问？"他恼羞成怒了，"你应该明白，我不想让这个情况发生，但是，它就是发生了，我也矛盾，我也痛苦啊！"

"痛苦？"她厉声地喊，"你了解什么叫真正的痛苦吗？时候还没到呢！等到额娘发现这位高贵的格格被你侵占，当珞琳发现她视同姐妹的人是你的情人，当骁远发现他最崇拜的阿玛居然是他的情敌，当皇上和皇太后知道你奉旨抚孤，竟把忠臣遗孤抚成了你的禁脔，那时候，你才会知道什么叫痛苦！到那时候，还不是你一个人知道什么叫痛苦，是全家老小，包括你的新月，都会知道什么叫痛苦！"

这篇义正词严的话，把努达海给彻底击垮了。他踉跄地后退，手扶着桌子直喘气，额上，顿时冷汗涔涔。

"你知道吗？"雁姬继续说，"今天，皇太后其实很想把新月指给骧远，盘问了半天他们两个相处的情形，是我竭力撇清，才打消了太后的念头。"

努达海再一惊。"想想看，如果我完全不知情，我一定会促成这件事，如果她成了你的儿媳妇，你要怎么办？在以后的漫漫岁月中，你要怎么面对她和骧远？"

努达海额上的冷汗更多了，手脚全变得冰冷冰冷。

雁姬看他这等模样，知道他心中已充满了难堪和后悔，当下长长一叹，把脸色和声音都放柔和了，诚挚地、真切地说：

"我宁愿让骧远恨我，不忍心让他恨你！请你也三思而行吧！"她深深叹了口气，"你不是才十七八岁的人，你已经是所谓的不惑之年，人生的阅历何等丰富？经过的考验又何其多？你怎么可以让自己被这种儿女情长的游戏困得团团转？怎么可以用无法自拔来当作一个放任情感的借口？难道你要把一生辛苦经营、血汗换来的名望和地位都一齐砸碎？"她的声音更加温柔了，"就算你不在乎名望和地位，你也不在乎额娘、儿女和我吗？"她紧紧地注视他，"结缡二十载，你一开始，是我英气勃勃的丈夫，然后，你成为我一双儿女的父亲，年复一年，我们一同成长，一同蜕变，往日的柔情蜜意，升华成今日的情深意重，我心里爱你敬你，始终如一！请你不要毁了我心目中那个崇高的你！"

努达海看着雁姬，她眼中已聚满了泪。在她这样诚挚的、委婉的诉说下，他的眼眶也不禁湿了。此时此刻，心悦诚服，万念俱灰。他从桌边猛地转过身子来，往屋外大踏步走去，嘴里坚定地说道："我这就去做一个真正的了断！"

他直接就去了望月小筑。

"新月！"他不给自己再犹豫的机会，开门见山地说，"让我们挥慧剑，斩情丝吧！"

她抬起头，痴痴地看着他，郑重地点了点头。什么话都没说，她从怀中掏出了一张短笺，默默地递给了他。他打开一看，上面写着短短两行字：

有缘相遇，无缘相聚，天涯海角，但愿相忆！
有幸相知，无缘相守，沧海月明，天长地久！

他把短笺用力地按在自己的胸口，觉得那上面的每一个字，都像一块烙铁，烫痛了他的五脏六腑。

新月没有再看他，她掉转身子，径自走了。

第七章

　　骥远生了一整天的闷气，弄不明白自己的亲娘怎么不帮自己。他实在是太生气了，太不甘心了。而珞琳，却在旁边不住地怂恿："现在只是内定，还没有铁定！这事还有转机！只要新月到太后面前去说说悄悄话，我想，什么费羊古费牛古的都得靠一边站！所以，事不宜迟，把那些尊严啦，骄傲啦，面子啦，害臊啦……都一齐丢开，我陪你找新月去！"

　　如果不去找新月，骥远的挫败感还不会有那么强烈，受到的伤害还不会那么严重，他们却偏偏去找了新月！他们到望月小筑的时候，努达海才刚刚离去。新月正是肝肠寸断、痛不欲生的时候。她泪痕未干，神情惨淡，那种无助和那种无奈，使珞琳和骥远都有了一个铁般的证明，新月不要那个"指婚"！于是，珞琳激动地抓住新月说：

　　"与其在这儿哭，不如想出一个办法来！你瞧，你已经是我们家的一分子了！我说什么也舍不得你嫁到别家去！我现在只要你一句话，你也别害臊了，你对骧远到底是怎样？"

新月惊慌失措地看着珞琳，简直不知道该如何是好。骧远见珞琳已说得这么坦白，也就豁出去了，往前一站，他急急地说："新月，事关我们的终身幸福，你可以争取，我也可以争取！假若我在你心里有那么一丁点地位，你就明白告诉我，我去求额娘，再进一次宫，再去和太后商量商量！"

"不不不！"新月仓促地后退，脸色更白了，眼中盛满了惊恐，"你……你……你……我……我……我……"她苦于说不出口。"别你你你我我我了！"率直的珞琳喊着说，"你的眼泪已经证明一切了！你分明就是舍不得我们家，不是吗？"

"那当然……""那么，"骧远眼里闪着光彩，迅速地接了口，"你这个'舍不得'里，也包括我吗？"

"我现在心情很坏，我们能不能不要谈这个？"新月近乎哀求地说。"怎能不谈呢？"骧远焦灼地说，"已经火烧眉毛了，你还不急？""是啊！"珞琳接口，"你只要说出你心里的意思，我们也不要你出面，我们自会处理！"她迫切地摇了摇新月的胳臂，"你就承认了吧！你是喜欢我哥的，是不是？是不是？"

新月睁大了眼睛，张大了嘴，在那一瞬间，已经明白过来，如果自己不快刀斩乱麻，这事会越来越麻烦，给骧远的伤害，只会越来越重。她一横心，冲着骧远就叫了起来：

"你们饶了我好不好？不要自说自话，给我乱加帽子好不好？我承认，这大半年来，我住在你们家，我确实把你们当作我自己的家人一般来喜爱，但是，除此以外，我对你，并无男女之情，行了吗？行了吗？"

"或者你自己也弄不清楚呢？"珞琳急切地说，"我们并不是来质问你有没有心怀不轨呀！就算你喜欢我哥，也是人之常情，不必有罪恶感呀，男未婚女未嫁嘛……"

"我说了我喜欢吗？"新月急了，泪水就夺眶而出，"我要怎么样才能让你们明白呢？我……我……"她瞪视着骥远，终于冲口而出，"不管太后指不指婚，我和你之间，根本没有戏可唱，现在没有，以后也永不会有！"

骥远瞪大了眼睛，简直不相信自己所听到的。然后，他掉转身子，像头负伤的野兽般，跌跌撞撞地就奔出门去。一路上乒乒乓乓，带翻了茶几又撞翻了花盆。珞琳这一来太伤心了，掉着眼泪对新月一吼：

"你为什么要这么残忍嘛？为什么要这样说嘛？就算你真的不喜欢他，你难道不能说得委婉一些吗？但是，我们明明相处得这么好，你居然不要骥远，宁可要那个和你素昧平生的费扬古吗？你气死我了！你莫名其妙！"吼完，她一跺脚，转过身子，又冲出门去追骥远了。

新月筋疲力尽地倒进椅子里，用双手痛苦地抱住了头。云娃和莽古泰默默地在门外侍立，谁也不敢进来打扰她。

事情并没有完，骥远当晚就把自己灌得烂醉如泥，惊动了老夫人、努达海、雁姬和全家。珞琳想来想去，认为新月不可能对骥远那么无情，这里面一定有文章，八成是雁姬作梗。她心直口快，竟跑去质问雁姬，是不是她授意新月来拒绝骥远的。雁姬一听，气得几乎当场厥过去，在盛怒之下，忍无可忍，拉着珞琳就直奔望月小筑。见到新月，她立刻气势汹汹地问："你对珞琳说清楚，是不是我要你拒绝骥远的？"

新月被她这样一凶，已经惊慌失措，往后退了退，她惶恐地说了句："这……这话从何说起？"

"你问我从何说起？我还要问你从何说起！"雁姬怒气腾腾地说，"我们这一家人，痴的痴，傻的傻，笨的笨……才会弄到今天这个地步！骥远的不知天高地厚，自有我做娘的来教训他，你何必出口伤人？"

"我……我……"新月嗫嚅地说，"我没有恶意，伤害他，实非所愿，是迫不得已。如果今天不伤害他，只怕以后还是要伤害他，我真的不知道该怎么办。对不起，请你们不要生气了！""迫不得已！好一个迫不得已！"雁姬咽着气说，"你如此洁身自爱，如此玉洁冰清，我们家都是些祸害，真怕有损格格清誉！我看我们家这座小庙，供不了你这个大菩萨了！"

"我懂了！"新月脸色惨白，浑身颤抖，"我明天就进宫去见太后，一定尽快迁回宫里去！"

"额娘！"珞琳惊喊着，"为什么要弄得这么严重嘛？"

"进宫去向太后告状吗？"雁姬逼视着新月，"你又何必这样将我的军呢？你明知道，你贵为和硕格格，我们奉旨侍候，本就小心翼翼，生怕出错。这会儿你要迁回宫里，你让太后和皇上怎么想咱们？难道我们这样尽心尽力，还要落一个侍候不周吗？"从不知道雁姬有这样的口才，更不知道她会这样地咄咄逼人。新月怔住了，被堵得一句话都说不出来。心底是明白的，雁姬的世界里，已不容许自己的存在。她还来不及回答，站在一边的云娃已沉不住气，冒出一句话来：

"那么，依夫人的意思，是想怎么样呢？"

"这座望月小筑里，楼台亭阁，一应俱全，吃的用的，一概不缺。不知道格格对这儿还有什么不满意？"雁姬迅速地回答。"好……"新月立刻接话，因为心情太激动了，便控制不住语音的颤抖，"我现在才真正明白了，从这一刻起，我会待在望月小筑，和你们全家保持距离！除非是有重要的事，否则，我不出这座园门，行了吗？"

"太疯狂了！"珞琳喊，"怎么可以呢？"

"就照格格的意思办！"雁姬大声说，"饮食起居，我自会派人前来料理！""岂有此理！"莽古泰忍无可忍地往前一吼，"凭什么这样对待格格？叫她禁闭？这太过分！有本事，你们管住自己家的人，让他们一个个都别来骚扰格格！"

雁姬的脸色，骤然间由红转青，难看到了极点。

新月立刻回头，怒瞪着莽古泰，用极不平稳的声音，愤愤地喊："莽古泰！你好大胆，这儿有你开口的余地吗？你给我跪下掌嘴！""喳！"莽古泰扑通一跪，就左右开弓地打自己的耳光。他是个直肠子的人，想不清事情怎么会变成这样。他为新月抱屈，却苦于没有立场说话，更气新月，不敢说出真相，宁可自己受辱！他把这份委屈和不平，干脆一下下都招呼在自己身上，下手又狠又重，打得两边面颊噼里啪啦响。

新月眼中迅速地充泪了。雁姬冷哼一声，看也不想再看，转身就走。珞琳糊里糊涂，激动得不得了，跺着脚说：

"怎么会弄成这个样子呢？怎么会发这么大的脾气呢？

怎么会这样没缘分呢？怎么每个人都这么奇奇怪怪呢？我不懂，我不懂每一个人了……"克善从里间屋内走出来，见状大惊，奔过去就抱住莽古泰的手，哭着喊："为什么要打我的师父呢？姐！姐！你为什么要处罚莽古泰呢？他是我的嬷嬷爹呀！"

新月的泪，顿时如雨点般，滚滚而下了。

从这一日起，新月就把自己封闭起来了。她几乎足不出户，只有在极端苦闷的时候，才骑着碌儿，去郊外狂奔一场。莽古泰总是默默地跟着她，远远地保护着她，却不敢惊扰她。

努达海拼命控制着自己，不去望月小筑，不去看新月，不去过问新月，只是，无法不去想新月。还好，人类有这么一个密室，是别人没办法窥视的，那就是内心。努达海就在自己的"密室"里，苦苦地思念着新月。新月把自己囚禁在望月小筑里，努达海也把自己囚禁在那间密室里。一个迎风洒泪，一个望月长吁，两人中只隔着一道围墙，却像隔着一条天堑，谁也无法飞渡！

冬天，对努达海全家人和新月来说，都是缓慢而滞重的，是一天天挨过去的。然后，春天来了。新年刚刚过去，骧远被皇上封了一个御前侍卫，开始和努达海一起上朝。父子同时被皇上所器重，努达海的声望，如日中天。接着，太后的懿旨就到了。一切的隐忧都成事实：新月被指婚给了费扬古，同时，骧远和珞琳，都被指婚了。骧远未来的新娘是固山格格塞雅，珞琳未来的丈夫是贝子法略。

懿旨颁发的第二天，努达海带着新月、珞琳和骧远去宫中谢恩。这是努达海好几个月来第一次看到新月。新月的孝服已除,穿着一件大红色的衣裳。胸前,戴着她从不离身的新月项链。她薄施脂粉,珠围翠绕,端端正正地坐在马车中,简直是沉鱼落雁,闭月羞花。

谢完了恩,四个人坐着马车回府,个个都是心事重重。新月低垂着头,心里是翻江倒海,脸上是毫无表情,坐在那儿像个石像,一动也不动。努达海见新月这种样子,自己就心如刀割,百感交集。情怀之激荡,心绪之复杂,简直不知该如何自处。骧远看着新月那份出尘的美丽,想到她即将嫁给费扬古,真是又妒又恨。珞琳想到当初四个人一起骑马出游,还恍如昨日,不料聚日无多,难免就倍感伤情。这样,四个人都静悄悄的。车轮辘辘,真是碾碎了每一个人的心。

忽然间,骧远在一个冲动下,对新月说:

"你禁闭数月,关防严格得连只苍蝇都飞不进去,这样玉洁冰清地守着,终于等到了懿旨,应该是苦尽甘来,飞雀出笼一般地开心,是不是?"

新月震动地抬了抬眼睛,苦涩至极地看了骧远一眼,简直不相信这是她所熟悉的那个骧远。

"骧远!"珞琳喊,"别把你心里的不痛快,转嫁到旁人身上去!""不痛快?我有什么不痛快?"骧远冷哼了一声,"指给我的,好歹也是位格格呢!"

"骧远!"努达海脸色铁青,声音中透着愠怒,"你闭嘴!"

"难得有这个机会,我要向新月道歉!"骧远不肯停嘴,"人家在咱们家里住了将近一年,倒有一大半儿时间给关着!

前面是为了克善的伤寒，后来是为了躲我这个瘟疫，我实在于心不安呀……"骥远话还没说完，努达海猛然一脚砰地踹开了车门。

大家都吓了好大一跳，努达海已探身出去，对车夫大叫着："停车！阿山！停车！"

阿山急急地停下车子，不知发生了什么大事。

努达海一把揪住了骥远胸前的衣服，怒吼着：

"你给我下车！到前头去跟阿山一块儿坐！"

骥远气坏了，一边跳下车子，一边怒气冲冲地喊了一句：

"我哪儿都不坐，我走开，免得惹你们讨厌！"

喊完，他就头也不回地冲向大街，消失了踪影。

马车继续往前走。这下子，车上的三个人更是默默无语。

好不容易，到家了。新月回到了望月小筑，就匆匆地摘下了头上的扁方，换掉了脚下的花盆底，然后直奔马厩。跳上碌儿，她一拉马缰，就向郊外狂奔而去。她心中所堆积的郁闷，快要让她整个人爆炸了。她策马疾驰，一阵狂奔，不知道奔了多久，也不知道奔向了何方。终于，她发泄够了，累了，勒住了马，她才发现自己正置身在一片荒林里。

她仰头向天，骤然间，用尽全身的力气，对着天空大叫：

"努达海！努达海！努达海！努达海……"

叫到声音哑了，无声了，她垂下了头。忽然觉得身后有某种声息，某种牵引着她的力量……她蓦然回头，看到努达海正直挺挺地骑在马背上，双眸如火般地，一瞬不瞬地注视着她。他们两个人对看着，天地万物，在此时已化为虚无。

什么都不存在了，他们只有彼此。他们就这样对视着，对视着，对视着……然后，两人同时翻身落马，奔向了对方，紧紧地拥抱在一起。像火山爆发，像惊涛拍岸，像两颗星辰的撞击，带来惊天动地的震动，也带来惊天动地的火花。两人的唇紧紧地贴着对方，狂热而鸷猛地辗转着。努达海一边吻着她，一边痛楚地低喊："啊！我要怎样才能逃开你？我要怎样才能不爱你？我是身经百战的人呀，但这几个月来，我和自己的战争，竟战得如此辛苦和惨烈！我该怎么办？靠近你我会粉身碎骨；远离你，我也会粉身碎骨！"三天后，努达海自动请缨上战场，去巫山打夔东十三家军。巫山地势奇险，十三家军骁勇善战，清军已屡战屡败。前一任的绵森将军阵亡，全军覆没。努达海的自告奋勇，使皇上大为感动，封努达海为定远大将军，三日后就率兵出发了。

第八章

努达海这次自动请缨,有两个人的心都碎了。一个是雁姬,一个是新月。在努达海走以前,雁姬和新月,都分别和努达海有一番谈话。雁姬是又气又怨,又妒又恨,又怕又恼,却依旧忍不住又悲又痛。摇着努达海,她激动地嚷着:

"你宁可去死,也不愿眼睁睁看她成为别人的新娘,对不对?你是被这份荒唐的感情,逼得无处藏身,无处可逃,这才请缨杀敌,对不对?你存心想去送死,想去自杀吗?你跟我说个清清楚楚,让我知道你还会不会回来!"

努达海悲哀地看着雁姬,沉痛而真挚地说了:

"我对不起你!事到如今,我如果不诚实地说出心里的话,我就更对不起你!没有错,我被这段感情折磨得心力交瘁,你的苦口婆心,我也全都辜负,走到这个地步,我心中最大的痛苦,并不是因为得不到新月,而是因为她的苦,你的苦,骧远的苦,你们三个人的苦,就像一片流沙,而我就陷在这片流沙里，我愈是挣扎，就愈是往下沉，可我并不愿意就此没顶，我还想求生，所以请缨杀敌，不是送死，不是自杀，它是一条绳索，可以把我拖离那片流沙！"他深深地凝视她，"当我打赢了这一仗，我会重新活过，置之死地而后生的我，会是一个全新的我！让我用那个全新的我回来见你吧！"

雁姬怔在那儿，整个人都震撼住了。心底有一句话：如果你打输了呢？在这离别前夕，这种不吉利的话，却怎样都说不出口。新月对努达海，是比雁姬强烈多了。屏退了所有的人，她就一步上前，用充满哀求的眼光，紧紧地看着他，用颤抖的声音，急切地说："我错了，我再也不引诱你了！好不好？你以后不用躲避我，不用逃开我，我来躲避你，逃开你……好不好？好不好？只求你，不要去打这一仗！请你告诉我，我要怎样做，可以不让你粉身碎骨！请你告诉我！"

"别傻了，"他喉咙中哑哑的，"我不会粉身碎骨，我会活着回来！这个战争可以使我脱胎换骨，突破困境，这是拯救我，也是拯救你，不让我们一起毁灭的办法，你懂吗？"

"不懂！不懂！"她拼命地摇头，泪水爬了满脸，"我只知道你要去一个最危险的地方，我不要你去！我不让你去！"她的手勾住了他的脖子，望进他眼睛深处去，"你去了，你要我怎么办？""太后会把你接回宫里，过不了多久，你就……嫁了！"

"你非去不可吗？""是！"他坚定地说，"天皇老子也阻止不了我！"

新月昏昏沉沉地看着他，眼中的哀苦，骤然化为一股烈焰。她的手用力一勾，他不由自主地弯下身子，她踮起脚尖，就把火热的唇，紧紧地贴住了他的。努达海立刻伸手，想把她拉开，但是，手伸上来，却变成了拥抱。他意乱情迷，融化在她那如火般的热情里。半晌，他突然醒觉，奋力地挣开了她，他喘息地说："你才说过，再也不引诱我……"

　　"我没有引诱你，我用我的整个生命来爱你，是非对错，我已经顾不得了！你要去打这一仗，我无力阻止，我的心我的情，你也无力阻止！""请你停止再说这些话，字字句句，你会撕碎我，毁灭我！毁了我也就算了，可是，你呢？当初一手救了你，今天不能再一手毁了你！你知道，在战场上，我是将军；在情场上，我只能做个逃兵！这个逃兵让我自己都厌恶极了，所以我要上战场去，去面对那个我熟悉的战场。我走了，如果你能体会出我心里的百回千折，就请你为我珍重！"

　　说完，他不等她再有说话的机会，就转过头，大踏步地走了。努达海带着大军，离开北京城那天，新月骑着碌儿，跟着大车追了好长一段路。最后，明知不能再追下去了，她只有勒住马，停下来，眼睁睁看着那大队人马，浩浩荡荡地走远……走远……走远……直至变成了一团烟雾，消失在路的尽头。她的心，也化成了烟，化成了雾，追随他而去了。

　　接下来，是一段可怕的、等待的日子。

　　一个月以后，骥远每天从朝廷上，开始陆陆续续地带回努达海最新的消息，这些消息一天比一天坏，一天比一天揪紧了大家的心。"据说,阿玛的大军,十天前在天池寨落败,折损了很多人马!""今天有紧急奏折发到,阿玛和十三家军,首战于天池寨失利,接着,又于巫山脚下,激战七日七夜,副将军纳南阵亡,阿玛的三万大军现在仅剩了数千人,退守于黄土坡一带,等待支援……""今天又有紧急军情发到,说阿玛等不及援军,又率兵攻上巫山去了!""听说阿玛已被十三家军,逼进了九曲山山谷中,情况不明……"努达海全家的人,自是人人慌乱,每天忙着打探军情。大家都又是紧张,又是害怕,新月却已魂不守舍了。每夜每夜地站在楼头,遥望天边,担忧和恐惧使她几乎要崩溃了。就在此时,太后的懿旨又到了,要新月和克善回宫,准备出嫁。

新月在回宫的前夕,留下了两封信,一封写给努达海的家人,一封写给太后。然后,她卸下钗环,轻骑简装,带了一个小包袱,就要去巫山找努达海。云娃和莽古泰吓坏了,苦苦相劝,拦住门不许她走。新月激烈地说:

"今天谁要拦我,谁就是要害死我!我要去找努达海的心意已决!不让我去,你们就拿刀来杀了我吧!要不然,我自行了断也成!阿玛留给我的匕首还在!"说着,她拔出匕首,就要抹脖子。两人见新月已经豁出去了,再难劝阻,立即做了一个决定。云娃留下来,照顾克善进宫。莽古泰随新月去,保护新月赴巫山。新月还不肯,坚持地说:

"你们两个的小主子是克善,你们给我好好地保护克善,我把他交给你们了!我不需要保护……"

"除非格格踩着奴才的尸体出去,否则奴才不可能让格格一个人走！格格要去找努大人是尽格格的心，奴才要护送格格是尽奴才的心！”莽古泰意志坚决地说，“何况小主子明日就进宫，有皇上太后顶在那儿，他比谁都安全。”

“罢了！”新月投降了，“要跟着我去就快走！”

新月往门外奔去，莽古泰急追在后面，云娃心都碎了。奔上前去，她拉着莽古泰的手，真情流露地说：

“请你好好保护格格，也好好保护你自己，求求你们活着回来，格格还有克善，你，还有我啊！”

莽古泰震动地看了一眼云娃，一句话也来不及说，就掉头紧追新月而去了。就这样，新月带着莽古泰，披星戴月，餐风饮露，跋山涉水，夜以继日地奔赴巫山去了。不管她给骥远他们留下了多大的震撼，也不管她给太后留下了多大的震惊。她就这样不顾一切地去了。她留给太后的信很长，几乎把整个故事，和自己那千回百转的心情，都全盘托出了。留给骥远他们的信，却只有寥寥数字：“请原谅我，我必须去找努达海，和他同生共死！”

努达海一生没打过败仗，但，这次和夔东十三家军的战争，却一败涂地。这天，他的部队，只剩下几百人了。这几百人中，还有一半都身负重伤。努达海自己，左手臂和肩头，也都受了轻伤。前一天晚上，他还有三千人，却在一次浴血战中，死伤殆尽。这天，他站在他的营帐前面，望着眼前的山谷和旷野，真是触目惊心。但见草木萧萧，尸横遍野。

努达海的心都冰冷了。罪恶感和挫败感把他整个人都撕裂了。这些日子以来，他眼看着身边的弟兄们一个个地倒下，眼看着成千上万的人死于血泊之中。虽然不是生平第一次了解到战争的可怕，却是生平第一次，体会到败兵之将的绝望。这是一个残酷的世界，这是一个悲惨的人生。而他，是一个"死有余辜"的将军。

他站在那旷野上，手中提着他的长剑。从古至今，战败的英雄都只有一条路可走，"一死以谢天下"！朔野的风，呼啸地吹过来，带着一股肃杀的气息。迎风而立，一片怆然。不自禁地想起了项羽自刎于垓下的惨烈。"七十二战，战无不利，忽闻楚歌，一败涂地！"这不就是努达海的写照吗？想到项羽，就想到虞姬，想到虞姬，就想到新月。"虞姬虞姬奈若何？"新月新月可奈何！他仰天长叹，手握剑柄，长剑出鞘。在他身后，他的亲信阿山带着一群劫后余生的弟兄，全体匍匐于地。大家齐声喊着："将军！请三思而行！"

还有什么可三思的？他回头看着众人，坚决地说：

"你们统统退下！"没有人要退下，阿山凄厉地喊：

"将军请珍重，胜败乃兵家常事！留得青山在，不怕没柴烧呀！""是啊！是啊！"众人哀声地喊着，"咱们还可以卷土重来呀！"努达海什么都不要听，举起了手中长剑，正要横剑自刎时，却忽然听到一个好遥远好熟悉的声音，从天的那一边，清澈地、绵邈地、穿山越岭地传了过来：

"努达海！努达海！努达海！努达海……你在哪里啊？努达海……我来了……我是新月啊……"

努达海的剑停在空中，无法相信地抬起头来，对着那声音的来源，极目望去。虞姬虞姬奈若何？新月新月可奈何？

怎样荒唐的幻想！但是，他蓦然全身大震，只见地平线上，新月骑着碌儿，突然冒了出来，她正对着营地的方向，策马狂奔而来。在她身后，紧追着另外一人一骑，是莽古泰！

"新月格格！新月格格！天啊！是新月格格来了！"阿山已脱口惊呼。那么，不是幻觉了？那么，是新月真的来了？努达海睁大了眼睛，努力地看过去。新月的身影已越来越明显，新月的声音已越来越清楚："努达海……努达海……努达海……"

"哐当"一声，努达海手中的长剑落地，他立即像一支箭一般地射了出去，奔跑中，看到旁边的一匹战马，他跃上马背，疯狂般对着新月冲去。嘴里忘形地狂呼：

"新月……新月……新月……"

两匹马彼此向对方狂奔，越奔越近……越奔越近……在这片杀戮战场上，他们像两团燃烧的火球般向彼此滚去。终于，他们接近了，相遇了，两人同时勒住了马，马儿在狂奔后陡然停止，都仰首长嘶，从鼻子里重重地喷出热气来。新月和努达海也都重重地喘着气，大大地睁着眼睛，痴痴地望着对方。好久好久，他们就这样相对凝望，谁都不敢眨眼，生怕一眨眼，对方就不见了。然后，从新月眼中，滚落了一滴泪，这滴泪的坠落，竟石破天惊般震醒了努达海。他喉中发出一声低喊："新月！"整个人就翻身落马。

努达海一落马，新月也跟着滚下马背，什么话都不用说了，两人眼中就是"无限"，这一刹那就是永恒。他们紧紧相拥，都恨不得把自己的全身全心，都融进对方的臂弯里。他拥着她，吻着她，紧紧地箍着她，他已顾不得自己身上的伤口，每一下的痛楚都证明臂弯里是个真实的躯体，于是，每一下痛楚都带来疯狂般的喜悦。

这晚，在努达海的帐篷中，新月把那个完完整整的自己，毫无保留地交给了努达海。她说：

"我们已经没有明天了，对不对？"

是的，没有明天了。一个是败兵之将，无颜见江东父老；一个是情奔之女，再也谈不上玉洁冰清。两人心中都那么明白，今夜，是他们从老天那儿偷来的一夜，也是他们仅有的一夜。他对她深深点头，她投进了他的怀里。

"让我们彼此拥有，彼此奉献吧！今夜，就是咱们的一生一世了！我一路追过来，脑子里只有一个念头，但求能这样活过一天，我死而无憾了！"

他拥住了她，泪水，竟夺眶而出。他那么深深地悸动着，连言语都是多余的了。他又吻住了她，从她的唇，到她的脖子，到她的胸膛……他的吻，一直与泪齐下。这一夜，他们彼此付出也彼此拥有，两人都不是狂猛的激情，而是向对方托出了最最完整的自己，和整颗最最虔诚的心。

当天空蒙蒙亮的时候，努达海微微地动了动身子，这一动，新月立刻就惊觉到了，她从他臂弯中抬起头来，询问地看了他一眼。她接触到他那深沉的眼光，读出了里面的言语。于是，她披衣起身，束好自己的头发，整理好自己的衣裳。然后，默默地走到努达海的盔甲旁，她郑重地拿起那把长剑，走向了努达海。努达海站起身子，眼光始终无法从她的脸上移开。他看着她的一举一动，看着她的每一个眼神，和每一个微笑。是的，她在笑。她的唇边，漾着那么幸福、那么满足、那么温存，又那么视死如归的笑。使他的心，因这样的微笑而绞痛起来。她停在他面前了，举起了长剑，她静静地说：

"让我先死好吗？请你帮我，让我死在你的剑下吧！"

努达海接过了剑，眼光仍然无法从她的脸上移开。他看了她好一会儿，这么年轻，这么美丽的脸庞！这么热烈，这么坚强的心！他的每个思维，每份感情，都为她而悸动着。这样的女人，会让人愿意为她生，为她死，为她付出一切的一切。"好！"他点了点头，"别怕，我下手会很快的，不会让你有太多的痛苦！"他咬咬牙，拔剑出鞘。

她仰起头，闭上了眼睛。她唇边的笑意更深了，甜蜜而微醺的。她的面颊红润，睫毛低垂，整个人像是浸在浓浓的酒里，芬芳而香醇。他看呆了，看傻了，手里的剑竟迟迟不能下手。"怎么了？"她的睫毛扬了扬，清澄如水的双眸对他瞬了瞬，"下手吧！我们来世再见了！"她又把眼睛闭上了。

他注视着那张脸，注视着那美好的颈项。举起了剑，却感到那把剑有几千几万斤重。他咬牙再咬牙，就是无法对那细致的肌肤刺下去。她才只有十八岁呀！为什么该陪着他去死呢？他的手开始颤抖，意志开始动摇。一旦意志动摇，不忍的感觉就像海浪般排山倒海地卷过来。他再也握不牢那把剑，"当"的一声，长剑竟落在地上。

她被长剑落地的声音惊醒了，再度睁开眼睛，她立即了解了。"你下不了手是不是？"她说，"你不忍心，舍不得？好，我不为难你，我自己来！"说着，她扑下去就拾起了剑，一横剑就往脖子上抹去。他想也没想，一伸手就夺下了那把剑。

"新月！"他喊着，"你不能死！一定一定不能！你的生命几乎才刚刚开始，你怎么能陪着我一起死？不行不行！你得活着，老天创造了如此美好的一个你，绝不是要你这样糟蹋掉的！""可是我失去了你，是无法独活的！"她情急地说，"难道你还不了解吗？我连克善都丢下了，我什么都不顾了，就是要和你同生共死的！"她忽然用双手攀住了他，眼中闪出了希冀的光彩，喘了口大大的气，急切地说："要不然，你也不死，你陪我活着！我们活着，注定要受苦，注定要受惩罚，但是，我们至少会拥有彼此，"她越说越激动，"你要我活，就陪我一起活！我有勇气追随你一起死，你难道没有勇气和我一起活吗？""不可以！"他叫了起来，"不能再用这样的话来诱惑我！你活下去，是天经地义，我活下去，是苟且偷生！"

"那么，就为我苟且偷生吧！"她喊，"偷得一天是一天！偷得一月是一月，偷得一年是一年！偷不下去的时候，我们再一起死！""不行！一定一定不行！"他挣扎着说，内心开始交战。

"反正，你活，我跟你活！你死，我跟你死！要活要死，我都听你的！""你不能这样缠住我……"

"追你到沙场，我早就缠你缠定了！"

"新月！"他的声音沙哑，"对我而言，现在死比活容易！死了，一了百了，活着，要回去面对朝廷，面对家庭，面对各式各样的难题，那才真正需要无比的勇气！"

她抬起头，恳切地看着他。

"或者，自杀并不是一种荣光，它说不定也是一种罪孽，一种怯懦，一种逃避。我们已经走到这一步了，谁也抛不开谁了，是不是？或者，我们应该接受一下考验，去面对我们的未来。或者，生命是不应该轻言放弃的……如果你觉得我的生命可贵，同样的，我也觉得你的生命好可贵啊！我们……"她认真地、怀疑地问，"一定该死吗？可以不死吗？"

他凝视着她，好久好久，终于长长一叹。

"好！让我们活着来接受煎熬吧！让我们一起来面对那重重难关吧！或者，这也是天意如此！新月，你要有心理准备，活下去，我们说不定会生不如死！会受苦受折磨！"

"我想那是我们应该要付的代价！我有勇气来面对，你呢？""我还能说什么呢？"他拥住了她，"为了你，为了我们那许许多多个明天，我不能再逃避了！面对如此勇敢的你，我又怎能做第二次的逃兵？好！新月，就这么决定了！我知道我们已经万劫不复了！勇敢地去面对吧！"

他们两个，紧紧地相拥着。帐篷外，默默伫立的阿山和莽古泰，长长地松了口气。

第
九
章

　　努达海带着新月回北京，是一件震动了整个京城的大事。
所有的文武百官、亲王显贵，以至茶楼酒肆，街头巷尾，都
在谈论这件稀奇的"艳闻"。尤其是，努达海居然打了败仗，
这是不是象征着红颜祸水呢？而新月，贵为一位和硕格格，
竟然不顾指婚，不顾礼教，毅然为情，狂奔天涯，真是不可
思议！就在整个京城沸沸扬扬地喧腾着"海月事件"时，新
月已被皇太后留置宫中，详查真相。并责令努达海先行回家，
以有罪之身，等待判决。努达海这次回家，和以前的衣锦荣
归，实在是天壤之别。虽然努达海全家，在老夫人的命令下，
都勉为其难和以前一样地迎接着他，但是，雁姬的幽怨，骥
远的悲愤，和珞琳的失望……都不是可以掩饰的。连老夫人
都尴尴尬尬，不知说什么好。家庭里的空气是冰冷的、僵硬
的，充满敌意的。晚上，当努达海和雁姬单独相处时，努达
海再也无法保持沉默了，他凝视着雁姬，用充满歉意的口吻，

坦白而坚定地说:

"听着,雁姬,我知道你怨我恨我,并抱着一线希望,我会回头。可是,我已经无法回头了!太后把新月留置宫中,用意不明,说不定要劝新月回心转意,也说不定赐她一条白绫,所以,我明天就要进宫,为新月的未来去争取,我要定她了!"

雁姬震动地后退了一步,脸色惨白,眼神悲愤已极。

"我想,你不可能了解我和新月间的一切,更不可能谅解这一切,但是,我仍然祈求你能够接纳新月!"

"你什么都不管了?"她怨恨地问,"你连骥远的感觉也不管了?""我管不着了!"他深抽了口气,"当我站在血流成河,尸横遍野中,觉得天不容我,地也不容我的时候,却听见新月的呼唤声,看见她骑着碌儿向我飞奔而来,你不能想象那对我是怎样的一种震撼,在那一刻,天地化为零。我眼前只有她那一个身影,她变得无比地巨大,充满我那荒寂的世界。"他抬眼看她,眼中盛满了忧伤和痛楚,"我再也无法放掉她,即使我会让儿女心痛,让你心碎,我也无可奈何!雁姬,请你原谅!"雁姬听不下去了,她无法站在这儿,听她的丈夫述说他对另一个女人的爱情。她转过了身子,冲出了那间房间,脸上,爬满了泪。她知道,努达海战败了,自己也战败了。这场战争中,唯一的胜利者是新月。除非,太后能够主持正义,为她除去新月!只要新月另嫁,她或者还能收复失地,否则,她输定了。这样想着,她所有的希望都寄托在太后的身上了。三天后,皇上公布了对努达海的惩处:

"现在朝廷正在用人之际，良将难求，念在你是功臣的分上，不忍过责，所以从轻发落，这次的处分，就革去你一等侯的世职，免除太子少保衔，褫夺双眼花翎及黄马褂！今后，仍在朝廷任职，但愿你能戴罪立功！"

这样的发落，确实是从轻了。努达海匍匐于地，磕下头去："臣叩谢皇上恩典！""至于新月，将由太后定夺！"

又过了数日，太后召见了雁姬和老夫人。

"这些日子来，新月的事，让我十分烦心，说来说去，都是你们的不是，奉旨抚孤，到底怎么抚成这等局面？新月已经向我坦承，她已委身努达海，并非完璧了！如此一来，我还能把她指给什么人呢？那费扬古都快被你们气死了！所以，我想来想去，只好削去她和硕格格的头衔，贬为庶民，把她给了努达海算了！"雁姬一听，面容惨白，万念俱灰。太后祖护的立场已经非常鲜明，雁姬就算有十个胆子，也不敢和太后争辩。太后见雁姬的表情，也知道她敢怒而不敢言，当下就长叹了一声说："人生，这个'情'字，实在难解。他们两个，不知是谁欠了谁的债，新月放着现成的福晋不做，以格格之尊，今天来做努达海的小妾，也是够委屈了。雁姬，你好歹是个原配，当今的达官显贵，哪一个不是三妻四妾呢？你要看开一点才好！再说……"太后语气一转，"这翻山越岭，奔赴沙场，去陪伴一个打了败仗的男人，这等荒唐却痴情的事，毕竟是新月做出来的！雁姬，你可没做啊！"

太后这几句话，像是从雁姬头顶上，敲下了重重的一棒，打得她天旋地转。她的脸色更加灰败了，心里原准备了许多要说的话，现在一句都说不出口了。太后又叹了口气说：

"这个办法，虽然不是尽如人意，也可以息事宁人了。一个夺爵，一个削封，好歹都是处分过了！希望你们不要再横生枝节。这克善仍然随姐姐住，新月虽不是格格了，克善可还是个小王爷，你们可要善待他们姐弟，将来的好处，还多着呢，眼光要放远一点！"

太后的软硬兼施，和话中有话，使雁姬只能忍气吞声。老夫人已拉着她匍匐于地。"太后的吩咐，奴才们全体照办！不劳太后费心！"老夫人磕着头说，"奴才这就回去打扫望月小筑，迎接新月和克善入府！""这样，我也就放心了！"太后欣慰地说，"后天就是黄道吉日，让努达海来宫里接新月姐弟回府！一切就这么办了！你们跪安吧！"太后站起身来，转身去了。

老夫人和雁姬急忙磕下头去，嘴里毕恭毕敬地说着："奴才跪安！"

这天，新月跟着努达海，重新走进了将军府的大厅。

尽管事先努达海已告诉新月，全家的反应不佳。新月已经有了很大的心理准备。从宫里到将军府的一路上，她也一直告诉努达海，能够再有今天，能够不去嫁费扬古，能够再和他团聚，她就觉得，老天对她，实在是太好了！在这种狂喜中，她什么都不怕，什么都能面对。但，当她真正进到将军府的大厅，抬头一看，见到老夫人、雁姬、珞琳、骧远都在场，心中就怦怦怦地跳个不停。她敛眉肃立，先让自己平静了一下，然后，她深深吸了口气，就对老夫人盈盈拜倒，

恭恭敬敬地说:"新月拜见老夫人!"老夫人一愣,出于习惯性,立即伸手一扶:

"格格请起……"话一出口,就想起她已被削去格格封号,又被赐给了努达海。一时间,竟不知道该把她当家人看,当客人看,还是当侍妾看。不禁停了口,尴尬地站在那儿。

新月跪在地上,不曾起身。她抬起头,看看老夫人,看看雁姬,又看看珞琳和骥远,她在每张脸上都看到了排斥和敌意。于是,她直挺挺地跪着,用最最诚恳的声音、最最真挚的语气,祈谅地、坦率地说:

"我今天带着一颗充满歉意的心,跪在这儿请你们大家原谅,对不起!真是几千几万个对不起!我也知道,我的所作所为,实在有诸多诸多的不是和不妥,使你们大家都很生气,很难堪。可是,我出此下策,实在是身不由己,我去巫山以前,留过一封信给大家,信中虽然语焉不详,但是,我想大家都已经充分了解了。总之,我对努达海已是一往情深,不能自拔。奔赴巫山的时候,只求同死,不料上苍见谅,给了我这种恩赐,让我们活着回来了!请你们大家相信我,我今天走进这个家门,是诚心诚意想成为这个家庭的一分子。我会努力去弥补以前的错,请你们给我这个机会,接纳我!宽容我!"说着,新月就诚惶诚恐地磕下头去。

屋子里一片死寂,除了老夫人十分动容,努达海一脸震撼之外,其他的人个个都面罩寒霜。然后,雁姬冷冷地开了口:"好一篇感人肺腑的话啊!怪不得上至太后,下至努达海,个个对你心悦诚服!可你现在这样跪在这儿,你就不怕你那死去的双亲，在九泉下不能瞑目吗？你也不怕站在你身后的小王爷，面上无光吗？"新月被狠狠地打击了，她脑袋中一阵晕眩，身子晃了晃，额上顿时冒出了冷汗。低俯着头，她说不出话来了。

"好了，新月这样给大家跪着，你们也就仁慈一点吧！"努达海忍不住说话了，"这件事不是新月一个人的错，如果你们要怪，就怪我吧！""阿玛！"珞琳往前一冲，大声地开了口，"你就这样一意孤行了是不是？你真的要让这个年龄比我还小的新月来当你的小老婆，是不是？你完全不顾我们的感觉，也不顾额娘的感觉了是不是？""珞琳！不要放肆！"努达海吼着，"我好歹是你的阿玛……""啊！"珞琳愤怒地嚷，"不要在此时此刻，把你阿玛的身份搬出来！你是我的阿玛并不表示你可以这样乱来一通！你要以德服人，不是以阿玛来服人！"她一面嚷，一面就又冲向了新月，对新月剑拔弩张地说："还有你！新月！你不要以为这样可怜兮兮地一跪，我们就会同情你，原谅你！不会不会！你是一个掠夺者，一个侵略者，你绝不是一个弱小民族！所以，不要打了人还做出一副挨打的样子来！这样只会让我更恨你！我真的好恨好恨你！我们全家，是用这样一片赤诚来待你，对你尽心尽力，你却对我们虚情假意，然后，在我们身后玩花样，去勾引我的阿玛！你不知道你这样做，是恩将仇报，毁了我们家的幸福吗……"

"不！不不不！"新月激动到了极点，"我绝不像你说的那么不堪……""你就是！你就是！"珞琳一发而不可止，

"如果你不是，你就不会让这一切发生！如果你不是，你今天就不会跪在这儿请求大家原谅！如果你不是，你就不会让我们大家都这么难堪，这么受伤了！事实胜过雄辩，你已经造成伤害的事实，你还敢在这儿口口声声说不是！"

"住口住口！"努达海大喊，"你们是反了吗？你们不知道，我大可带着新月远走高飞，而我却选择回来面对你们吗？这个家何曾毁了？你们并没有失去我，也没有失去新月，不过是身份有所改变而已……"

"好一个身份有所改变而已！"受到珞琳的刺激，一肚子怨气的骥远也发难了，"这种改变你们觉得很光彩吗？很自然吗？很得意吗？很坦荡吗？能够仰无愧于天、俯无愧于地吗？如果真的这样子，阿玛，你不再是我心目里那个正直威武、忠肝义胆的阿玛了！""你们到底要怎样？"努达海爆发地大吼起来，"事情已经发生了，新月已是我的人了，你们能接受，我们还是一个好好的家，你们不能接受，我带着新月走！逼到这个地步，实非我愿，但我也无可奈何了！新月！"他弯腰去挽新月，"起来！我们走！""不要吵！大家都不要吵了！"老夫人颤巍巍地往房间中一站，大声地说，"这样吵吵闹闹成何体统？今天只要我有一口气在，谁也别想分家！"

"可是，奶奶！"珞琳急喊。

"你一个女孩儿家，哪有那么多话！"老夫人斥责着，"过不了多久，你也就嫁了！安分守己一点吧，不要兴风作浪了！"

"奶奶，"珞琳气得脸色发青，"你这样堵我的口，我还有什么话好说？"雁姬见一儿一女，挺身而出，很帮她出了一口气，心里正稍感安慰，不料老夫人仍是护着努达海和新月，不禁悲从中来，气从中来，眼眶就不争气地潮湿了。她负气地怒瞪了新月一眼，说："或者，我该带着骥远和珞琳搬出去，把这个家让给新月！""雁姬！"老夫人有些生气了，"我才说了，谁也别想分这个家，你做了二十年的贤惠媳妇，儿女都这么大了，还有什么事看不开呢？退一步想，也就海阔天空了！"

雁姬咽了一口气，还来不及说话，骥远心有不平，怒气冲冲地冒出了一句："我们真是开门揖盗，养虎为患，今天成为全北京的笑话！你们受得了，我，受不了！"

"那么你要怎样？"努达海对骥远一吼，"你说！你说！"

"我要他们出去！"骥远指着新月和克善，涨红了脸叫，"最起码，让我们可以做到眼不见为净！"

吵到此时，一直站在新月身边的克善，再也熬不住了，"哇"的一声，大哭了起来，新月急忙跪行到他身边去抱着他。克善哭着喊："为什么会这个样子！为什么你们大家都不喜欢我们了？"他直问到骥远面前去，"骥远，咱们不是好朋友吗？你教我练武，给我做小弓小箭，还带我去给新月买礼物……新月过生日的时候，你们还叫人跳那个月亮舞……我害伤寒的时候，你们全体都照顾着我……你说过我们永远永远都是好朋友，为什么现在要这样凶嘛……"

克善的又哭又说，使骥远顿时心如刀绞。前尘往事，现在全成为天大的讽刺。他的脚重重地一跺，嘴里喃喃地说：

"罢了罢了！算我们集体栽了……"

"好了！雁姬，"老夫人趁此机会，把声音放柔和了，"一切要以家和为贵，你说呢？"

雁姬不能再保持沉默了，她幽怨地看了努达海一眼，再看了新月一眼，强忍着泪，说：

"国有国法，家有家规！既然要进我们家的门，正式成为努达海的姨太太，就该有个手续，纳妾也不能这么潦潦草草的……""对对对！"老夫人见雁姬已经软化，急忙接口说道，"依你看要怎么办呢？""要巴图总管和乌苏嬷嬷连夜陈设大厅，明天早上辰时，咱们就行家礼，让新月正式进门吧！"

"好好好！就这么办！"老夫人如释重负地说。

努达海心中掠过了一抹强烈的不安，他迅速地抬眼看雁姬，看到雁姬眼中有一丝胜利似的光芒，他的心脏猛地一跳，立即说："其实，这道手续省去也罢……"

他的话尚未说完，新月生怕再有变化，已经急急忙忙地磕下头去："新月叩谢老夫人恩典！叩谢夫人恩典！为了弥补我对你们每一个人所造成的伤害，今后我会努力地付出，让你们不会后悔今天给我的恩惠！"

老夫人轻轻一叹，伸手拉起了新月。努达海心中虽然深感隐忧，见新月脸上已绽出光彩，雁姬也已偃旗息鼓，就不好再说什么了。当天晚上，新月和努达海重新在望月小筑中相依相守，两人都有恍如隔世的感觉。新月虽然还没有从大厅上所受的刺激中恢复，但已充满希望，充满信心了。她握着努达海的手，坚定地说："什么都不要担心，能够安然度过被拆散的命运，终于能和你相知相守，我心中的满足，没有任何言语可以形容，现在的我，只有满怀珍惜，没有丝毫怨怼，相信我，我禁得起任何考验！"努达海深深地望着她，满心都被感动和热情所充满了。一时之间，也燃起了一线希望，或者，雁姬终能接纳新月，和平共处。别的家庭，多的是妻妾成群，不也在过日子吗？

"大人，"云娃担忧地追问，"请问这个家礼到底是怎么个行法的？格格需要做些什么呢？"

努达海一呆，心中不由自主地一痛。

"是啊！你快告诉我，让我准备准备！"新月忙说。

"你要受委屈了，"努达海皱了皱眉头，"今天在大厅上，我一直想拦住这件事，我想，雁姬主要是咽不下这口气，要给你一点难堪，或者，是要给你一个下马威，因为，她毕竟是原配啊！所谓的正式进门，就是你得从大厅外头，一路三跪九叩地进厅，然后给全家每一个人奉茶，包括骥远和珞琳在内。""这怎么行？"站在门外的莽古泰已沉不住气，激动地说，"咱们格格好歹是端亲王之后，怎么可以这样作践呢？"

"是啊！"云娃急了，"能不能不要行这个家礼呢？"

"好！"努达海下决心地点了点头，"我现在就去告诉额娘，家礼免了！"他一转身，向外就走。

"不要！"新月急喊，一把拉住了他，"好不容易才弄定了，不要再把一切弄砸吧！我现在不是格格了，我只是你的女人，什么自尊，什么骄傲，我都抛开了！雁姬说要行家礼，我就行家礼！家礼行完了，我就名正言顺是你的人了！我连巫山都去了，我还怕什么委屈？在乎磕几个头吗？"

努达海凝视着新月，觉得心里的怜惜和心痛，感动和感激，像一股股的海浪，把他给深深地淹没了。

于是，这天早上，新月穿着一身红衣，戴着满头珠翠，在云娃和砚儿的搀扶下，在将军府所有的下人的围观下，三步一跪，九步一拜，就这样一路磕着头，磕进了大厅。巴图总管在一边朗声念着："跪……起……叩首……跪……起……叩首……"

就这样重复着这个动作，那条通往大厅的路好像是无尽的漫长。终于，她走完了，进了大厅。又开始跪拜老夫人，跪拜努达海，跪拜雁姬，再向骥远和珞琳请安。此时，甘珠已准备好托盘和茶壶茶杯。巴图总管再喊：

"奉茶！"乌苏嬷嬷、甘珠、云娃、砚儿都上前帮忙。新月捧着托盘，第一杯茶奉给了老夫人，嘴里按规矩卑微地说着：

"侍妾卑下，敬额娘茶！"

老夫人很不安地接过杯子，不自禁地给了新月一个鼓励的微笑。托盘上又放上另一杯茶，新月奉给了努达海，嘴里仍然是这句话："侍妾卑下，敬大人茶！"

努达海真是难过极了，恨不得这个典礼如飞般过去。他拿杯子拿得好快，着急之情，已溢于言表。雁姬看在眼中，恨在心里。新月的第三杯茶奉给了雁姬，她小心翼翼，执礼甚恭。

"侍妾卑下，敬夫人茶！"

雁姬慢吞吞地接过了杯子，忽然开口说：

"抬起头来！"新月慌忙抬起了头，有点心慌意乱地抬眼去看雁姬。雁姬逮着她这一抬眼的机会，迅速地拿了杯子，对新月迎面一泼。事起仓促，新月冷不防地被泼了一头一脸，不禁脱口惊呼："啊……"接着，托盘就失手落在地上，发出一阵乒乒乓乓的响声。努达海当场变色，一喷地从椅子上直跳起来，嘴里怒吼着说："雁姬！你好残忍……"

雁姬立刻回头，用极端凌厉的眼神扫了他一眼。

"不会比你更残忍，我不过教她点规矩！你到底要不要这个典礼举行下去？""我……"努达海话未出口，老夫人已伸出一只手，安抚地压住了他。此时，云娃正手忙脚乱地拿着手绢给新月擦拭着，雁姬厉声地一喊："不许擦！既然口口声声地侍妾卑下，就要了解什么叫卑下！即使是唾面，也得自干，何况只是一杯茶？你明白了吗？"

"明……明……明白了……"新月这下子，答得呜咽。

努达海猛抽了口冷气，拼命克制住自己，脸色已苍白如纸。在这一瞬间，他蓦然明白过来，这又是一个他不熟悉的战场，只怕他全盘皆输之余，再拖累一个新月！他的眼光直愣愣地看着新月，整颗心都揪紧了。雁姬用眼尾扫了他一眼，见他如此魂不守舍，似乎眼中心底，都只有一个新月，她的怒气，就更加升高，简直无法压抑了。

骥远和珞琳，都大出意料，想都没想到雁姬会有这么一招，全看傻了。珞琳不由自主地咽了口气，看着新月的眼光，竟有些不忍之情了。骥远完全愣住了，连思想的能力都没有了，他盯着新月，搞不清楚她怎会把自己弄得这么卑下，却因她的卑下而感到心中隐隐作痛。又因这股隐隐作痛而了解到，自己还是那么那么喜欢她。

新月稳住了自己的情绪，垂下了眼睑。

"我……我……我重新给夫人奉茶！""又错了！"雁姬尖锐地说，"侍妾就是侍妾，别忘了前面这个'侍'字！跟咱们说话，你没资格用'我'字，要用'奴才'，因为你是'奴才'，懂了吗？"

新月还没反应过来，在一边的云娃已经忍无可忍，冲口而出地说了一句："格格好歹是端亲王的小姐，又何必这样糟蹋她呢？"

新月着急地伸手去拉云娃的衣摆，但是已经来不及了，雁姬重重地一拍桌子，厉声大喝：

"放肆！你是什么东西，竟敢如此嚣张！给我跪下！"

云娃吓了一跳，新月又急推云娃的肩，云娃就不得不跪下了。"家礼是何等隆重，你当场撒泼，不可原谅，甘珠！给我掌她的嘴！""是！"甘珠答应着，站在云娃面前，抬起手来，却打不下去。这甘珠现在已是雁姬最得宠的心腹，可她从没有打过人，根本不知怎么打。"夫人！夫人！"新月急呼，"求夫人开恩……"

"甘珠！你等什么？难道你也不准备听我的话了？"雁姬怒喊，"给我打！""是！"甘珠一惊，立即左右开弓，打着云娃的耳光。

"够了！"努达海再也控制不住自己了，大吼了一声，冲上前去，一把扣住了甘珠的手腕，"不许打！这算什么家礼？

什么家规？我知道了，所谓的家礼，不过是一场闹剧，闹到这个地步，够了！行不行家礼，都没有关系，新月，不要奉茶了！我们走！"

新月惊惶地抬眼看了看努达海，眼里盛满了祈求。一转身，她对努达海就跪了下去，哀声地说：

"大人，这个典礼对我意义重大，请你让我行完礼吧！"

努达海惊愕地看着新月，心中一痛。新月，她怎么会这样傻？竟对这样一个侍妾的地位，也如此重视？他愕然着，愣住了。老夫人见情况不妙，就威严地接了口：

"好了！打到这儿就算完，继续行礼吧！云娃！你还不快起来，帮着新月敬茶！"云娃含悲忍泪地赶快起身。老夫人再喊努达海：

"你也快回来坐好！"努达海铁青着一张脸坐了回去。

新月也赶忙站起身来，整整衣衫，头发和脸上都在滴水，此时，已不知道是汗是泪，是茶是水。云娃和砚儿，赶快重新斟茶，重新送上托盘，新月就捧着托盘，继续去奉茶。

"新月敬少爷茶！"新月停在骥远面前。

骥远不敢看新月，劈手就夺过了茶杯，夺得又快又急。握着杯子的手不听命令地颤抖着，他一阵心烦意乱，又立刻把杯子放在茶几上，好像那杯子上有什么活的东西，会咬他的手似的。"新月敬小姐茶！"新月的最后一杯茶，敬给了珞琳。珞琳此时，也分不出自己对新月是怨是恨，是愤怒还是怜悯，看到她一头一脸的水珠，看到她满眼的泪光，她觉得自己的喉咙里哽上了好大的一个硬块。她接过了杯子，竟把一杯茶喝得光光的。

老夫人长长地松了口气，轻声地说：

"好了！"新月敬完了最后一杯茶，不知道自己还要做什么，拼命地忍着泪，站在那儿不知所措。努达海重重地咳了一声，喊：

"巴图！"巴图总管早已看呆了，此时蓦然醒觉，急忙高声念道：

"礼成！鸣炮！"爆竹声噼里啪啦地响了起来，新月在云娃和砚儿的搀扶下，脚步踉跄地走出这间富丽堂皇的大厅。厅外，围观的丫头仆人都鸦雀无声，一双双的眼睛盯着她，不知是同情，还是责难。在她身后，雁姬那清脆的声音，压过了鞭炮的喧嚣，清清楚楚地传了过来："从此，大家记着，这是咱们家的新月姨太！谁要是不小心，再叫出新月格格，就是讨打！咱们家只有新月姨太，可没有新月格格！"

第十章

"雁姬！我们今天必须谈清楚！"

那场荒谬的家礼举行完之后，努达海连望月小筑都没有进去，就直接去找雁姬。他的情绪十分激动，并不只是愤怒，还有更多的沉痛和担忧。

"你是来兴师问罪的吗？"雁姬一副备战的样子。

"我是要来问你，这算是一时泄愤，还是根本就是宣战？"

"你还敢质问我？开启战端的是你和新月，现在你们赢了，耀武扬威地登堂入室，你们还要我怎样？"

"公平一点，是谁耀武扬威了？"

"那么，你确实是来兴师问罪的了？"她挑起了眉毛。

努达海悲哀地看着雁姬，深深地吸了口气：

"能不能不要这样充满仇恨？"他的声音里带着悲愤，"你不知道新月是带着一颗最虔诚的心、最感恩的心，来走进这个家吗？只要你给她机会，她会对你感激涕零！为什么不大大方方地接受她的感激，而要弄得如此冷酷绝情呢？这样，你就痛快了？高兴了吗？""哼！是谁冷酷绝情！你还好意思和我这么大声！你觉得自己很有理吗？你真的无愧于心吗？你觉得你们的爱情很伟大吗？""没有，我们知道这份爱对你们造成的伤害，这才决心回来弥补！""你们的爱岂止造成了伤害而已，你们的爱根本就是一种毁灭！"雁姬尖锐地叫了起来，"新月自己搞得身败名裂，还令宗室蒙羞！你呢？一世英名毁于一旦，更叫人耻笑你晚节不保，至于这个家，那是骨肉反目，夫妻成仇，毁得最彻底了，这都是你们伟大的爱造成的，你还敢来对我说什么弥补，怎么弥补？如何弥补？""换言之，这样的你，是全然不预备和睦相处了，是不是？"

"是又怎样？"雁姬盯着他，"你预备把我休了，把她扶正吗？"努达海看着这个全然陌生的雁姬，一颗心直往下掉，掉进了冰冷冰冷的深渊里去了。

"你一定要这样壁垒分明的话，不是逼我休你，而是逼我出走。"他沉痛地说，"逼我在外面另外成立一个家！"

她定定地看着他，从齿缝中迸出两个字来：

"请便！"他打了一个冷战，在雁姬眼中看到的，是一种不可解的"恨"，这股强大的恨意，使他血液，全都冻结成了冰柱。

他到了望月小筑，看到新月正拥着云娃，心痛无比地，掉着眼泪说："对不起，对不起，跟了我这么多年，今天竟让你受这样的委屈！""我受一点委屈算什么？"云娃激动地喊着，"可是，你呢？你就要这样子过一生吗？"

"格格！"莽古泰大声地接话，"你要给自己拿个主意，不能任人宰割！在这个屋檐下继续过下去，你会被欺负得体无完肤……""不需要再在这个屋檐下过下去了！"努达海大踏步走了进来，握住了新月的手，用坚定的声音说，"新月，我错了，我不该再带你走进这个家！我真没想到，雁姬完全变了一个人，这样深的仇恨，真的使我不寒而栗。今天，当着我的面，她可以拿茶来泼你，可以下手打云娃，我真不知道背着我的时候，她还会对你做什么。所以，我不能让你留在这儿，我明天就去找房子，你再忍耐两三天，我们就搬出去！"

"好极了！"莽古泰说，"我陪大人去找房子！"

"这样好，这样好，"克善也兴奋地接话，"姐姐，咱们搬出去算了，反正大家都不喜欢咱们了！"

"我不搬出去！"新月望望大家，摇了摇头，咬紧牙关说，"我不！""你听我说，我刚才已经去找雁姬谈过了！"努达海的声音里带着强大的沮丧和深沉的痛楚，"别问我内容，你不会想听的，总而言之一句话，和平共处是不可能了，如果说只有骥远和珞琳充满敌意，那还罢了，至少我知道他们不能把你怎么样，也不敢把你怎么样，可雁姬不同，她能把你怎么样，也敢把你怎么样！"新月静静地看着他，深深地吸了口气。

"在巫山的时候，我说服了你，不求同死，而求同生！当时，我真的是有些贪生怕死，因为，和你共有的这种'生'，诱惑力实在太强了！等你被我说服了之后，我就在心里发誓，我要为这份能够相知相守的日子，付出所有的代价！我是这么在乎能够和你相守的每一天，而上天也给了我这份恩赐，我不能因为一点挫折和屈辱就退缩了！我现在好像是个掠夺者，从雁姬手中，从你儿女的手中，抢走了你，他们才会这样恨我！其实，他们越是恨我，证明他们越是爱你！努达海，我是这样地爱你，我怎么可能和另一股爱你的力量来作战呢？现在，他们大家，都不了解我这种心态，我不会抢走你，我只要和大家共有你！所以，我不能走，我要留在这儿，让大家来了解这一点！""你别傻了！他们早已认定你是侵略者，破坏者，而我是不忠不义、不仁不爱的人，他们没有人要给我们机会！"

"可是，你呢？你也不给他们机会来了解我们吗？此时此刻，我跟你一走，你就永远失去你的家了！我又怎能爱得如此自私呢？那才真的会让天地不容！今天，大家虽然对我都很生气，可是，额娘对我却非常仁慈，使我满心感动，就算为了额娘，我也不能让她的家庭破碎！"

"新月，我们另外建立一个家，还是可以把额娘接过来住！""那是不一样的！这个家园，是你们几代的产业，额娘不会愿意离开的！如果我嫁到了你家，却造成你的家庭分裂，我也不会原谅自己的！我和你，现在终于能够耳鬓厮磨，朝夕相处，我的幸福感已经太强太强了！天底下没有不劳而获的东西，如果咱们想抓住这份幸福，我们都需要忍辱负重，不只是我，也包括你！平心而论，我们确实对不起雁姬，对不起骥远，对不起家中的每一个人，那么，就算是受一些折磨，也是我们该得的惩罚！让我们一起接受这种惩罚吧！是我们欠他们的！""你说得这么透彻，我简直无法驳你！"努达海感动得一塌糊涂，紧紧地瞅着新月，"可是，这样受惩罚，除了让我们受苦以外，到底有什么意义呢？"

"当然有意义，天下无难事，只怕有心人！我相信人心都是肉做的，我们抱着逆来顺受之心，日久天长，总会让大家感动，而真心接纳我们的！瞧！额娘不是已经接纳我了吗？"她攀住努达海，眼中又已闪闪发光了，"我有信心，请你也不要剥夺我的机会，好不好？好不好？"

他还能说不好吗？尽管心中还有几千几万个担心，几千几万个恐惧，几千几万个不安，和几千几万个怜惜……他却说不出话来了。把她的头紧压在自己的胸前，在她耳边，他屈服地、轻声地说："可是，你得答应我！绝不让你自己受太多的委屈，以后我天天要上朝，不能在家里时时刻刻地保护你，你答应我，不会对我隐瞒任何事情！如果这个家真待不下去，我们还有退路可走！""我答应你！"她诚心诚意地说，双手环绕着他的腰，把头深深地埋进他的怀里。

云娃和莽古泰相对一视，都是一脸的失望与无可奈何。牵着克善的手，他们默默地退出了房间，两人都忧心忡忡。而克善，噘着嘴，鼓着腮帮子，完全是落落寡欢了。

新月的悲剧，是真正地开始了。

自从行过家礼之后，新月就非常小心谨慎，遵守着侍妾的礼数，一点也不敢出错。每天清晨即起，去老夫人房里请安，再去雁姬房里请安。老夫人对新月倒是越来越慈祥了，不只是态度和蔼可亲，有时，还对新月的生活十分关怀，言谈之间，总不忘记叮嘱新月一句：

"你对雁姬要忍让一些，想想看，她在我们家二十多年了，从来没出过一点儿差错，也是鞠躬尽瘁的，和努达海也是恩恩爱爱的，现在凭空来了一个你，把努达海的心都占去了，她怎么会不生气不嫉妒呢？你要顺着她一些，等过个一年半载的，她的气就会慢慢地消了，知道吗？"

"奴……奴才知道。"她感动地回答，对"奴才"两个字，始终无法习惯。老夫人看着她，叹了口气：

"在我面前，也不必奴才来奴才去的，自称新月就好了！"

"是！"新月恭敬地答着，觉得内心深处涨满了温暖。

老夫人那儿，是很容易过关的，但是，雁姬那儿，就不容易了。在努达海出家门之前，雁姬对她除了冷嘲热讽之外，倒还没有什么特别的举动，最痛苦的事情是，努达海出门后，新月还必须去雁姬那儿学规矩。

每天早上，努达海、骥远、克善、莽古泰都要出门。努达海和骥远去上朝，莽古泰侍候克善去书房念书。新月等到努达海走了之后，就带着云娃到雁姬房去当差。这时候，完全要看雁姬的心情，如果雁姬的心情好，新月挨挨骂，说不定就被一句"滚吧！别站在这儿让我生气！"给打发了。如果雁姬心情不好，新月就惨了，不止新月惨，云娃也跟着遭殃。两人常会被整得惨不忍睹。糟糕的是，雁姬经常都是心情不好。新月这一来真的懂得什么叫侍妾了。其实，雁姬对新月说得很明白："家礼虽然行过了，可我心里永远也不会承认你这个家人！你是个地地道道的侵入者，无论你怎么低声下气，都改不掉你淫乱无耻的事实！不要以你的放荡行为引以为荣，你，不只是努达海的耻辱，也是我们全家的耻辱！"

面对这样的羞辱，新月每次都脸色惨白，拼命隐忍。有一次，她实在忍不住了，说了一句：

"请夫人给我一点机会好不好？请看在我这样诚惶诚恐的分上，原谅了我吧！我对努达海，实在是情不自禁啊……"

"情不自禁？什么叫情不自禁？"雁姬顿时大怒起来，居然顺手拿起桌上的一个砚台，就对着新月砸去。幸好云娃拉得快，把新月拉开了。砚台虽然没有砸到新月，却飞向了一张茶几，把茶几上的古董花瓶给打得粉碎。一阵稀里哗啦的巨响，好生惊人。新月、云娃连忙趴在地上收拾碎片，雁姬气犹未平，走上前去，就给了新月一脚："情不自禁就是下流！就是淫荡！你居然恬不知耻，还敢跟我振振有词！说什么情不自禁？如果人人情不自禁，所有的女人都跟男人跑了……""夫人！夫人！"云娃急了，拼命去保护新月，"请饶了格格……""格格？格格？"雁姬更怒，用力对云娃踹去，"你还敢叫格格？说过多少次了，我家没有格格，你这样叫，是威胁我吗？""夫人饶命！"新月扑上前去，也拼命想保护云娃，"她是无心的！她只是叫成习惯了，一时改不过来……夫人夫人，饶命啊！""你以为格格就能把我怎么样？也只是个姨太太的命……"雁姬骂着，拔下头上的一根发簪，就没头没脑地往新月和云娃身上戳去，新月和云娃痛得大叫，没命地躲着，狼狈不堪。雁姬自己也闹了个手忙脚乱，汗流浃背。甘珠连忙在旁边劝解着说:"夫人,气坏了自己的身子可犯不着呀!"

"去!"雁姬愤愤地嚷,"两个人都给我去院子里跪着!"

于是,新月和云娃就跪在大太阳底下,动也不敢动。可是,这场大闹,却把珞琳给闹来了,看到满屋子的狼藉,看到雁姬发丝不整,眼神零乱。再看到新月和云娃脸色惨白,跪在那儿摇摇欲坠……珞琳的胸口,就猛地一痛,像是被一块大石头给狠狠地撞了一下。她扶着门框站在那儿,看看雁姬,又看看新月和云娃,终于忍不住说:

"额娘,让她们去吧,别闹出大事来,对大家都不好!"

雁姬这才松了口:"看在珞琳面子上,你们滚吧!"

新月和云娃,彼此扶着站起来,两个人眼中都漾着泪。新月匆匆地看了珞琳一眼,什么话都没说,就带着云娃走了。珞琳却不由自主地追了两步,喊了一声:

"新月!"

新月猛地停下脚步,回过头来,眼里盛满了对友谊的渴求与希望。"珞琳……"她感激地、充满感情地低喊了一句,"谢谢你!""别谢我!"珞琳胸口又被撞击了一下,她无法背叛母亲,她不能同情新月。她鼓着嘴,像在生气似的说:"我……我只是要告诉你,可别在阿玛面前说什么,这个家已经不像一个家了,禁不起再吵吵闹闹的了!"

新月咽了口气,又失望,又寒心,又痛楚。

"你放心,"她憋着气说,"我一个字都不会说的!"说完,她掉转身子,快步地走了。

珞琳进了母亲的房间，看着雁姬。雁姬一接触到珞琳的眼光，就自卫似的、神经质地说：

"你是不是觉得我很残忍？很可怕？"

"额娘！"珞琳喊了一声。

"我没办法，我太生气了！我真的好恨好恨呀！我现在才知道，恨之入骨是什么意思，我恨得想用滚烫的开水去泼她，想毁掉她那张漂亮的脸，想撕开她的衣服，用刀一刀刀去切割她的肌肤……""额娘！"珞琳惊喊，"不要说了！不要说这种话了！"她扑了过去，心痛地一把抱住了雁姬，泪水就滚滚而下了："停止这样折磨你自己吧！从前的你不是这样的！你是那么温柔，那么风趣，那么和蔼可亲，那么善良又充满爱心，你有那么多优点，让每个人都喜爱你，热爱你啊！"

雁姬神情一软，眼泪也滚落下来："可是那样的我，却拴不住你阿玛的心，敌不过一张年轻的脸，为什么呢？""我不知道！真的不知道！"珞琳哭着，热烈地望着母亲，"不过，我知道一件事，我不要你变，请你不要变，好吗？维持原来那个你，虽然你失去了阿玛的心，你还有我和骥远的心，是不是？""可你终归要嫁人，骥远也将成亲，你们的心都会各有所归，等到那个时候，我还有什么呢？"

"那我不嫁人好了！我一直留在额娘身边，陪着额娘，如果新月可以抗旨，我为什么不可以？"

"新月是新月，她是独一无二的，她做得出来的事，我们都做不来的……我好恨好恨啊！"

"额娘，额娘，额娘……"珞琳一迭连声地喊着，用双手紧紧地抱着雁姬，"不要恨，不要恨，你还有我和骥远，不如拿恨新月的心，来爱我们吧！"

雁姬搂着珞琳，顿时间，悲从中来，不禁放声痛哭。珞琳听到母亲这样放声一痛，更是哭得稀里哗啦。母女两个，就这样彼此拥抱着，伤心着，哭着。连站在一边的甘珠，也陪着她们掉眼泪。

第十一章

　　经过了这一次的经验，新月知道了一件事，就是绝对不要违抗雁姬的命令，更不用试图去解释什么，或者祈求原谅。因为，在目前这种状况下，雁姬根本不会听她的。她唯一所能做的事，就是逆来顺受，然后，等待奇迹出现。

　　奇迹一直没有出现，灾难却一个连一个。

　　这天，新月和往常一样，到雁姬房里来当差。甘珠正拿着几匹料子，给雁姬挑选做衣裳，试图让雁姬振作起来。雁姬看着那些绫罗绸缎，心里的悲苦，就又翻翻滚滚地涌了上来。长叹一声，她把衣料和尺都往桌上一推，凄苦地说：

　　"士为知己者死，女为悦己者容！现在，我就是死也不知为谁死，容也不知为谁容。再多的脂粉，也敌不过一张青春的脸蛋；再昂贵的绫罗绸缎，也敌不过一身的冰肌玉肤！我现在……人老珠黄，青春已逝……还要这些布料做什么？"

　　雁姬正说着，新月和云娃到了，雁姬一转眼，眼角瞄到了新月和云娃，这一下，怒从心中起，又完全无法控制了。她用力把布匹对新月扫了过去，新月还来不及弄清楚自己又犯了什么错，布匹、针线、剪刀……都迎面飞来。两人慌慌张张地闪避开，仍然不忘蹲下身子去行礼请安："奴才跟夫人请安！""请什么安？正经八百说，是来示威吧？"雁姬对新月一吼，"为什么来这么晚？你看看现在什么时辰了？"

"对不起！对不起！"新月连声认错，"大人今儿个上朝比较迟……所以……所以……等大人走了，这才过来……"

"哦？"雁姬立刻妒火中烧，怒不可遏了，"我就说你是来示威的，你果然是来示威的！你是想告诉我，你忙着侍候努达海，所以没时间过来，是吗？你居然敢这样来削我的面子，讽刺我，嘲笑我……"她的手在桌上用力一拍，正好拍在那把量衣尺上。她顺手抓起了量衣尺，就对新月挥打过来。

云娃一看不妙，一边大叫着，一边就去拦住雁姬。

"格格绝无此意！"话一出口，知道又犯了忌讳，就胡乱地喊了起来，"奴才说错了，不是格格，是姨太……你打奴才！奴才该死！你打你打……"

雁姬劈手给了云娃一个耳光，打得她跌落在地。她握着尺追过来，劈头劈脸地对新月打去。新月抱头哀叫着：

"啊……啊……"云娃见雁姬像发了疯似的，心中大惊，跳起来就去救新月。她双手抓住了雁姬的手，拼命和雁姬角力，嘴里急喊着：

"格格快逃！快逃啊！"

"反了！反了！"雁姬气得浑身发抖，"甘珠，你还不上来，快帮我捉住她！"于是，甘珠也参战，从云娃身后，一把就抱住了云娃。云娃动弹不得，雁姬挥舞着量衣尺，对云娃乱打了好几下，再转身去追打新月。新月一边逃，一边回身看云娃，顾此失彼，脚下一绊，摔倒在地。雁姬逮住了这个机会，手中的尺就像雨点般落在新月头上、身上。

"啊……啊……"新月痛喊着，整个身子缩成了一团，"请不要这样啊……不要不要啊……"

事有凑巧，这天克善因老师生病，没有上学，提前回家了。在望月小筑中找不到新月和云娃，他就找到正院里来。莽古泰追在他后面，想阻止他去上房，以免惹人讨厌。正在此时，克善听到了新月的惨叫声，不禁大惊失色。他一面大叫："是姐姐的声音！姐姐！姐姐……"一面就跟着这声音的来源，冲进了雁姬的房间。

见到雁姬正在打新月，克善就发狂了。他飞奔上前，拼命地去拉扯雁姬的胳臂，嘴里尖叫着：

"放开我姐姐！不能打我姐姐！为什么要打我姐姐嘛……"雁姬正在盛怒之中，手里的竹尺，下得又狠又急，克善怎么拉得住？非但拉不住，他也跟着遭殃，立刻就被打了好几下，克善一痛，就哇哇大哭起来。新月和云娃吓得魂飞魄散，双双扑过来救克善，两个人力道之猛，竟然挣开了甘珠的束缚，把雁姬撞倒于地。同时，莽古泰也已冲了进来。

雁姬从地上爬了起来，狼狈得不得了。新月、云娃和克善，在地上抱成一堆，哭成一团。莽古泰气炸了，目眦尽裂，对着雁姬大吼大叫："你还算一位夫人吗？这样怒打格格，连小主子都不放过！你还有人心吗？还有风度吗？还有教养吗……"

他一边吼叫，一边步步进逼，神色吓人。珞琳、乌苏嬷嬷、巴图总管和丫头家丁们全从各个方向奔来。乌苏嬷嬷一看闹成这个样子，老夫人又去都统府串门尚未回家。她生怕不可收拾，立刻叫人飞奔去宫里通知努达海和骁远。

珞琳着急地奔过去，双手张开，拦在雁姬的前面，对莽古泰嚷着："你要做什么？不可对我额娘无礼！"

家丁丫头们早已围过来，拦的拦，推的推，拉的拉，要把莽古泰弄出房间。莽古泰发出一声暴喝：

"啊……给我滚开！"他伸手一阵挥舞，力大无穷，顿时间，丫头家丁们跌的跌，摔的摔，乒乒乓乓东倒西歪。

雁姬被这样的气势吓住了，却仍然努力维持着尊严，色厉内荏地说："放肆！你有什么身份直闯上房？有什么身份私入内室？更有什么身份来质问我？你给我滚出去！这儿是将军府，不是端亲王府！在这儿，你根本没有说话的余地……"

"有余地我也要说！没余地我也要说！反正我已经豁出去了！"莽古泰往前一冲，伸手怒指着雁姬，声如洪钟地吼着，"你凭什么打格格？凭什么伤害她？你以为格格对不起你吗？是你们将军府对不起她呀！想她以端亲王府格格之尊，进了你们将军府，就一路倒霉，倒到了今天，去做了努大人的二夫人，是她委屈，还是你们委屈？如果你真有气，你去质问大人呀！你去找大人算账呀！但凡是个有胸襟气度的人，也不会去为难一个可以当你女儿的姑娘！你们占了便宜还卖乖，害新月格格削去了封号，降为了庶民，如今这样做小伏低，简直比丫头奴才还不如！你们居然还要虐待她，甚至动手打她，你们堂堂一个将军府，堂堂一个贵夫人，做出来的事见得了人吗？不怕传出去丢脸吗……"

"反了！反了！"雁姬气得浑身发抖，脸色惨白，"一个奴才，居然胆敢和我这样说话！是谁得了便宜还卖乖？是谁欺负谁呀？你竟然对我红眉毛绿眼睛地大叫……我……我……我怎么落魄到今天这个地步！简直是欺人太甚了……欺人太甚了……"她气得一口气提不上来，差点没有厥过去。珞琳慌忙用手拍着她的胸口，焦急地喊着：

"额娘别气，别气，他一个粗人，你别和他一般见识……"话未说完，莽古泰再往前一冲，伸手就要去扣雁姬的手腕。"你干什么？"雁姬慌张一退，"难道你还要动手？"

"你一个夫人都能动手，我一个粗人有什么不敢动手？"莽古泰大喝着，"我要押了你去宫里见太后！我给你闹一个全北京城都知道，看是谁怕谁？"

"新月！"珞琳不得不大喊出声了，"你任由他这样闹吗？你还不说句话吗？"新月牵着克善，扶着云娃，都已从地上站起来了。新月呆呆地看着莽古泰，没想到莽古泰会说出这么多话来，一时间，竟有些傻住了。云娃只是用一对含泪的眸子，崇拜地看着莽古泰，看得痴痴傻傻的。克善揉着头揉着手臂，还在那儿抽噎。新月被珞琳这样一叫，恍如大梦初醒，急忙喝阻莽古泰："莽古泰！不得无礼！你快快退下！"

"格格，奴才一向以你的命令为命令，但是，今天，我不能从你！你已经不能保护自己了，我豁出去拼了这条命，也要为你讨回这个公道！我一定要押了她去见皇太后……"

"你哪儿见得着皇太后呢？"新月着急地说，"你要帮我，就不要搅我的局！快快退下！快快退下……"

"我虽然见不着太后，但是押着她就见得着了！"说着，他迅速地伸出手去，一把就扣牢了雁姬的手腕。

"救命呀！"雁姬骇然大叫，"救命啊……"

"大胆狂徒！你不要命了吗？"

忽然间，院子中传来一声大吼，是骥远带着府中的侍卫们赶来了。这天也真是不巧极了，骥远在宫中闲来无事，先行回家，才到家门口，就闯见了要去宫中报信的家丁。他弄清楚状况，就赶快去教场调了人手，气喘吁吁地飞奔而来。

"莽古泰！你还不放手？"骥远喊着，"你是不是疯了？竟敢挟持主子！目无法纪！快放手！放手！"

"我不放！"莽古泰拽着雁姬往屋外拖去，"好狠毒的女人！上回搞什么三跪九叩，又泼茶又打人的，奴才已经咽下了那口气，这回怎么也咽不下了！要不然……"他用力扭住雁姬的胳臂，"你就当众给格格赔个罪，说你再也不虐待格格了，我才要放手！"雁姬羞愤已极，悲切地痛喊：

"我在自己的屋檐下，受这种狗奴才的气！我还要不要做人啊……"

骥远已经忍无可忍，此时，飞身一跃，整个人扑向了莽古泰，这股强大的力道，带得三个人一起滚在地上，跌成了一团。雁姬的指套钗环，滚得老远。珞琳脱口尖声大叫。新月和云娃，看得目瞪口呆。

莽古泰没料到骥远会纵身扑上来，手一松，竟然没抓牢雁姬。骥远把握了这机会，对着莽古泰的下巴就是一拳，两人大打出手。众侍卫看到雁姬已经脱困，立刻一拥而上。

一阵混乱之下，莽古泰孤掌难鸣，被众多的侍卫给制伏了。甘珠、乌苏嬷嬷、珞琳都围绕着雁姬，拼命追问：

"夫人，有没有伤着啊？伤到哪儿啊？"

雁姬的手紧揸着胸口，好像全部的伤痛都在胸口。

"骥远！"新月追着骥远喊，"你高抬贵手，饶了莽古泰吧！"

骥远用十分稀奇的眼光看着新月。

"你以为，谁都要让你三分吗？你以为，你的力量，无远弗届吗？"他恨恨地问，"在他这样对我额娘动粗之后，你还敢叫我饶了他？"新月被堵得说不出话来。此时，雁姬用激动得发抖的声音，对骥远叫着："骥远，你给我把他带到教场去，替我狠狠地教训教训这只疯狗，听到吗？""听到了！"骥远大声地回答。

新月和云娃的心，都沉进地底去了。

莽古泰被捆在教场上的一根大柱子上，由两个侍卫，手持长鞭，狠狠地抽了二三十下。本来，抽了二三十下，骥远的心也就软了，只要莽古泰认个错，他就准备放人了，所以，侍卫每抽两鞭，骥远都大声地问一句：

"你知错了吗？你知道谁是主子了吗？你还敢这样嚣张吗？"偏偏那莽古泰十分硬气，个性倔强，一边挨着打，一边凛然无惧地大吼大叫：

"奴才的主子只有格格和小主子，谁和他们作对，谁就是奴才的仇人，奴才和他势不两立！"

骥远被他气坏了，大声命令着侍卫：

"给我打！给我结结实实地打！打到他认错求饶为止！"

莽古泰却不求饶，不但不求饶，还越叫越大声。于是，侍卫们绕着他打，也越打越用力。鞭子毫不留情地抽在他脸上身上。他全身上上下下，前前后后都被招呼到了。没有几下子，他的衣服全都抽裂了，胸膛上、背上、腿上、脸上……都抽出了血痕。如果努达海在家，或是老夫人不曾出门，新月和云娃还有救兵可找，偏偏这天是一个人也找不到。新月急得像热锅上的蚂蚁，却一点办法都没有。克善哭着要去救莽古泰，新月不愿他看到莽古泰挨打的情形，死也不让他去，好说歹说，才把他安抚在望月小筑。新月和云娃赶到教场，莽古泰已被打得奄奄一息，还在那儿拼死拼活地、断断续续地喊着：

"奴才的主子只有格格和小主子……奴才的主子只有格格和小主子……""给我打！给我打！给我用力地打！"骥远怒喊着。

新月看得胆战心惊，云娃已是泪如雨下了。

"骥远！"新月哀求着喊，"我知道你对我很生气很生气，可是万一你把他打死了，你不是也会难受吗？你一向那么宽宏大量，那么仁慈，那么真挚和善良，你饶了他吧，你不要让他来破坏你美好的人生吧……"

骥远骤然回头，眼里冒着火，声音发着抖：

"他破坏不了我的人生，我的人生早就被破坏掉了！"

新月的泪滚落下来。她祈谅地、哀伤地、真切地说：

"骧远，失之东隅，收之桑榆，真的，真的！我全心全意地祝福着你！请不要把对我的气，出在莽古泰的身上，好吗？我求你！求你！你从来不赞成用暴力……这样的你，实在不是真的你……如果我们都无法回到从前了，让我们最起码，还保有以前那颗善良的心吧！"

这样带泪的眸子，和这样哀楚的声音，使骧远整颗心都绞痛了。只觉得心中涨满了哀愁，和说不出来的失意。他喟然长叹，心灰意冷。"不要打了！"他抬头对侍卫们说，"放了他吧！"

他转过身子，不愿再接触到新月的眼光，也不能再接触到新月的眼光，因为，这样的眼光让他心碎。他咬了咬牙，迈开大步，头也不回地匆匆而去了。

新月和云娃，赶忙上去，解下浑身是血的莽古泰。

于是，新月所有的遭遇，都瞒不住努达海了。这天晚上，努达海回到望月小筑，那么震惊地发现望月小筑中的悲剧。新月无力再遮掩什么，在克善愤怒的诉说中，在云娃悲切的坦白里，努达海对于新月这些日子所过的生活，也总算是彻底了解了。他听得脸色铁青，眼光幽冷。听完了，好久好久，他一句话都不说。坐在那儿像个石像，动也不动。新月扑在他膝前，惶恐地说："我……我……一直以为，这是我欠雁姬的债，我应该要还！但我实在没料到要牵累这么多人跟着我受苦……"

他用他的大手，一把握住了她的头发，把她的头，拽向了自己的胸前。看到她脸上、脖子上的伤痕累累，他深深地吸了口气，从齿缝中迸出几句话来：

"当初在巫山，真该一刀了断了你！免得让你今天来受这种身心摧残，而我来受这种椎心之痛！"

"当初是我错了，不该贪求这种不属于我的幸福……"她终于承认了，"我这么失败，弄得一塌糊涂，你干脆给我一刀，把我结束了吧！我……认输了！"

"是吗？"他咬牙问，"当初是谁说，自杀是一种怯懦，一种罪孽呢？是谁说那是逃避，是没勇气呢？"

"我……"她嗫嚅地说，"我说错了！"

"不！"他一下子推开了她，站起身来，"你没说错！我现在已经认清楚了，我再也丢不开和你共有的这种幸福！我要你！我也要活着！"他抬头对云娃果断地交代："收拾一些必要的东西，我们连夜搬出去！在找到房子之前，先去住客栈！这个家，我是一刻也不要留了！我马上去跟全家做一个了结！"

这次，新月没有阻拦，她已无力再奋斗下去，也无力抗拒这样的安排了。努达海赶到老夫人房里时，老夫人正在为白天发生的事，劝说着雁姬和骥远。因而，全家的人都聚集在老夫人房里。这样也好，正好一次解决。努达海大步上前，对全家人看都不看，直接走到老夫人面前，就直挺挺地跪下了。

"请恕孩儿不孝，就此别过额娘，待会儿我就带新月他们离开，暂时住到客栈中去！"他说着，就站起身来。

"住客栈？"老夫人大惊失色，"你这是做什么？为什么要这样严重呢？""我的意思就是，这个家既然闹得势不两立，水火不容，为了避免发生更可怕的事，我别无选择，只有出去购屋置宅，给新月他们另外一个家！其实，这也不是今天才有的提议，是从头就有的构想，只是额娘不能接受，新月又急于赎罪，这才拖延至今，现在，望月小筑里，大的，小的，男的，女的，人人遍体鳞伤，这个债，他们还完了！"

"阿玛！"珞琳第一个叫了起来，"你不要走，你一走，这个家还算什么家呢？请你别这么生气吧！刚才奶奶已经说了额娘跟骧远一顿，以后肯定不会再发生这样可怕的事了！"

"哼！"雁姬忍不住又发作了，"你只看得到望月小筑里的人遍体鳞伤，你看到别的人遍体鳞伤了没有？你看不见，因为心碎是没有伤口的！即使有伤口，你也不要看，因为你只有心情去看新月！你甚至不问莽古泰到我房里来发疯，有没有造成对我的伤害！""如果你不曾毒打新月，莽古泰又何以会发疯？"

"新月新月！你眼里心里，只有新月！我知道，你早就想走了！这个家是你的累赘，是你的阻碍，你巴不得早日摆脱我们，去和新月过双宿双飞的日子！你要走，你就走！留一个没有心的躯壳在这儿，不如根本不要留……"

"额娘！"珞琳着急地去拉雁姬，摇撼着她，"你不要这个样子嘛！冷静下来，大家好好地说嘛！"

"是呀是呀！"老夫人急坏了，"我们要解决问题，不要再制造问题了！""解决不了的！"雁姬沉痛地喊，"他对我们全家的人，已没有一丁点儿的感情，没有责任心，没有道义感，这样的人，我们还留他做什么？""如果我真的没有责任心，没有道义感，我就不会带新月回来了！"努达海用极悲凉的语气，痛楚而激动地说，"我知道，我错了，我不该爱新月！新月也不该爱我！我从来没有觉得这段感情，我是理直气壮的！就因为有抱歉，有愧疚，还有对你们每一个人的割舍不下，我才活得这么辛苦！我和新月，我们都那么深切地想赎罪，想弥补，这才容忍了很多很多的事！"他盯着雁姬："你从一开始，就紧紧地关起门来拒绝我们！轻视，唾弃，责骂，痛恨，折磨……全都来了，而且你要身边的人全都像你一样，然后你张牙舞爪，声嘶力竭，弄得自己痛苦，所有的人更痛苦，其实，你不知道，只要你给新月一点点好脸色看，她就会匍匐在你的脚下，我也会匍匐在你的脚下，新月身边的人更不用说了。我会为了你的委曲求全而加倍感激你！为什么你不要我的感激和尊敬？而非要弄得望月小筑一片凄风苦雨、鲜血淋淋的？叫我心寒，浇灭我的热情！你现在还口口声声说我存心要离开这个家！你不知道，要我离开这个家，如同斩断我的胳臂，斩断我的腿一样，是痛入骨髓的啊！你不了解我这份痛，但是新月了解，所以，一直是她在忍人所不能忍！"他说得眼中充泪了，老夫人和珞琳也听得眼中充泪了。说完，他甩了甩头，毅然地说："言尽于此，我走了！"珞琳一个箭步拦住了努达海，回头急喊：

"额娘！你说说话吧！你跟阿玛好好地谈一谈吧！"

雁姬微微地张了张口，嘴唇颤抖着，内心交战着，终究是咽不下这口气，把头一昂，冷然地说：

"宁为玉碎，不为瓦全！"

努达海神情一痛，也冷然地说：

"玉也罢，瓦也罢，这个家反正是碎了！"

说完，他再也不看雁姬，就大步地冲出了房间。骥远此时，忍无可忍，追了过去，激动地大声喊着：

"你不能在这个时候弃额娘而去，你只看到她张牙舞爪地拉拢咱们，排挤你们，却看不到她的无助和痛苦，事实上，你除了新月以外，已经看不到任何人的无助和痛苦。额娘本来是个多么快乐的人，她会变成今天这样，实在是你一手造成的！""很好，"努达海憋着气说，"你要这样说，我也没办法，反正我是无能为力了！""你不能一句'无能为力'就把一切都摔下不管，"骥远火了，"我要弄个明白，我不管你多爱新月，爱到死去活来也是你的事，可是我要问你，你和额娘二十几年的夫妻，二十几年的爱，难道就一丝不剩了吗？"

"如果你问的是爱情，"努达海盯着骥远说，"我不能骗你，有的男人可以同时爱好几个女人，我不行！我只能爱一个，我已经全部给了新月！对你额娘，我还存在的是亲情、友情、恩情、道义之情……这些感情，若不细细培养，也很容易烟消云散！"努达海说完，掉转了头，自顾自地去了。骥远气得暴跳如雷，对着努达海的背影大吼大叫：

"如此自私，如此绝情！让他走！还挽留他做什么？"

珞琳对骥远愤愤地一跺脚：

"你不帮忙留住阿玛也算了，你却帮忙赶他走，你哪一根筋不对啊？"老夫人一看情况不妙，跌跌撞撞地追着努达海而去：

"努达海！努达海！三思而后行啊！"

珞琳见老夫人追去了，也就跟着追了过去。骧远一气，转头就跑了。霎时间，房里已只剩下雁姬一个人，她直挺挺地站着，感到的是彻骨彻心的痛。

当老夫人和珞琳等人追到望月小筑的时候，新月已经整装待发了。阿山和几个家丁推着一辆手推车，上面堆着简单的行囊和箱笼，莽古泰强忍着伤痛，牵着小克善，大家都已准备好了。"走吧！"努达海说，扶住新月。

正要出发，老夫人急冲冲地赶了进来。

"等一等！等一等！"新月一看到老夫人，就不由自主地迎上前去，对老夫人跪下了。自从巫山归来，老夫人是这个家庭里，唯一给了她温暖的人。"新月叩别额娘！"她规规矩矩地磕了三个头，"请原谅我的诸多不是……请原谅我引起这么多的麻烦……""起来起来！"老夫人拉起了新月，急切地说，"新月！你可是行过家礼的，是我的媳妇呀！"

"额娘！"努达海痛苦地说，"请您老人家别再为难我们了，那个家礼，不提也罢！""怎能不提呢？"老夫人不住用手抚着胸口，气都快喘不过来了，"行过礼，拜过祖宗了，就是我家的人了，这是事实呀！不管怎样，你们先听我说，一切发生得太快，叫我想都来不及想，现在我知道，我非拿个主意出来不可了！你们听着，要两个家就两个家，但是，不必搬出去，这儿，望月小筑就算是了！"新月和努达海愕然对视，正想说什么，老夫人做了个手势阻止他们说话，继续急急地说：

"这些日子来，都是我不好，拿不出办法让两个媳妇都能满意。新月，你是受委屈了！但是，从今以后，我不会让你再受委屈了。望月小筑就是你和努达海的家，什么请安问候当差学规矩，全体免除！饮食起居也和家里的人完全分开，就在这儿自行开伙！你们不用搭理任何人，我也不许任何人来侵犯你们，干涉你们，这样可好？"

老夫人说得诚诚恳恳，新月心中酸酸楚楚。还没开口说话，珞琳一步上前："新月！奶奶都这么说了，你还不点头吗？"

新月犹豫着，生怕这一点头，又会重堕苦海。老夫人往前一迈步，就握住了新月的手。

"我的保证就是保证，我好歹还是这个家里的老太太！你如果把自己也当成这个家里的一分子，是不是应该希望这个家团圆，而不是希望这个家破碎呢？"

新月愁肠百折，简直不知道该如何是好了。克善站在一边，却已经急了，不住伸手去拉新月的衣摆，说：

"姐姐，咱们走吧！离开这个好可怕的地方吧！大家都不喜欢咱们了！""克善！"珞琳哑声地开了口，"你现在太小了，你不懂，等有一天你长大了，你就会了解，我们从来没有停止过喜欢你们，只是局面的变化太大，大家都有适应不良的症状而已。"

新月看了一眼老夫人，又看了一眼珞琳。在这一刹那间，旧时往日的点点滴滴，全都涌在眼前，那些和珞琳一起骑马、一起欢笑的日子，仍然鲜明如昨日。那些大家给她过生日，在花园里跳灯舞的情景，也恍如目前。她的心中一热，泪水就滴滴答答地滚落。她一哭，珞琳就跟着哭了。老夫人趁此机会，也含着泪说："新月，努达海，你们忍心让我在垂暮之年，来忍受骨肉分离之痛吗？如果你们还住在望月小筑，我好歹可以随时来看看你们，如果你们搬走了，我要怎么办呢？努达海，你是我的独子啊！"新月抬头看努达海，哽咽着说：

"努达海……我们就照额娘的意思去做吧！"

努达海沉吟不语。新月双膝一软，就要对努达海跪下去，努达海一把拉起了她，不禁长长地、长长地叹了口气：

"新月！你的意思我全明白了，你别再跪我了！全照额娘的意思办吧！"就这样，新月又在望月小筑住下来了。再一次，把自己隔绝在那座庭院里。说也奇怪，这望月小筑，三番两次，都成为她的禁园。经过这样一闹，新月的家庭地位，反而提高了。老夫人对雁姬是这样说的："想开一点吧！堂堂一个大妇，何必去和一个侍妾争风吃醋呢？你这个女主人的位子是一辈子坐定的，跑不掉的，你怕什么呢？说句不中听的话，到你这个年纪，不必想丈夫了，还是多想想儿女才实在。只要儿子成器，你下辈子的尊荣，不胜过这些风花雪月吗？"雁姬打了个冷战，寒意从她的心底蹿起，一直冷到了四肢百骸。她终于明白，自己和新月的这场战争，是输得一败涂地了。

第十二章

　　时间静静地消逝，春天过去，夏天来了。将军府中，尽管依旧暗潮汹涌，表面上却维持了一段时间的平静。

　　在这段时间里，莽古泰和云娃，在新月和努达海的主持下，行了个小小的婚礼，成为夫妻了。克善好高兴，一直绕着这对新人喊："现在，你们是我的嬷嬷妈和嬷嬷爹了！"

　　云娃的那份满足，就不用提了，等了这么多年，终于和自己的心上人，结成了夫妻，回忆从荆州之役以来的种种，真是不胜唏嘘。难得新月这个主子，对自己如此了解，又如此体恤。新月成全了她的梦，而新月的那个梦，她却帮不了忙，虽然努达海对新月情深似海，她总是感到新月的处境十分危险，战战兢兢。生怕新月捧在手里的幸福，会捧不牢。

　　这段时期的雁姬，已经失去了当初的作战精神，变得十分消沉。不只是消沉，她还有些神经质。有时把自己打扮得花枝招展，有时又脂粉不施。有时自怨自艾，有时又怨天尤人。常常站在视窗，对着望月小筑一看就是好几个时辰。至于终夜徘徊，迎风洒泪，更是每夜每夜的事。她像一座蠢蠢欲动、随时会爆炸的火山，偶尔会地震，常常在冒烟。

至于骥远，他的日子过得好苦好苦。他从没有尝过失恋的滋味，不知道这滋味是如此的苦涩。如果他的情敌，是一个和他年龄相当的王孙公子，他或者会好受很多。偏偏这个情敌竟是自己的父亲！他不能骂他，他不能揍他，他不能和他明争，也不能和他暗斗，他只能恨他！恨他夺去了自己的爱，也恨他对母亲的背叛。事实上，他认为努达海对他也是一种背叛，因为努达海自始至终，就知道他对新月的心意。如果一个父亲，真正疼爱他的子女，怎么舍得把自己的快乐建立在子女的痛苦上？怎么舍得去掠夺儿子的心上人？这样想来想去，他就越来越恨努达海。可是，他却没有办法恨新月。

他对新月的感觉是非常复杂的，以前的爱，始终都不曾停止。每次看到新月，都会引起锥心刺骨的痛。她居然不选择他，而去选择比他年老二十岁、有妻子儿女的努达海。这对他真是一种莫大的挫折，使他对自我的评价一落千丈，完全失去了自信。他不住地懊恼，恨自己的无能。"近水楼台先得月"，好一个"近水楼台先得月"！同样的"近水"，"得月"的却不是他！对骥远来说，最大的痛苦还不是失恋，而是失恋之后，还得面对这个女子是父亲姨太太的这个事实，这太难堪了！这太过分了！真教他情何以堪？除此以外，他还有一种无法对任何人透露的痛苦，那就是他对新月的爱！当初就那样一头栽进去深深地爱上了，现在，居然不知道怎样去停止它！家，成为他好恐惧的地方，雁姬的失魂落魄，老夫人的左右为难，珞琳的愁眉苦脸，努达海的闪躲逃避……还有那个深居简出、像个隐形人似的新月！这种种种种，都撕裂了他的心。于是，他常常醉酒，也常常逗留在外，弄到半夜三更才回来。

珞琳依然是全家的慰藉，她不住奔走于雁姬房和骥远房，试图以她有限的力量，唤回两颗失意的心。但是，她的力量毕竟太小了！雁姬消沉如故，骥远颓废如故。珞琳担心极了，幸好此时，骥远奉旨完婚。这个家庭里的大事，更是骥远切身的大事，使全家都振奋了。有好长一段时间，全家都忙忙乱乱地筹备着婚事。努达海更把父子和解的希望，放在这个即将到来的小新娘身上。只有骥远，更加闷闷不乐了，他不要什么塞雅格格，他的心里，仍然只有新月格格！

七月初十，骥远和塞雅格格完婚了。

塞雅格格是敬王府的第三个女儿，今年才刚满十七。长得浓眉大眼，唇红齿白，非常美丽，是个标准的北方姑娘。在家里也是被娇宠着、呵护着长大的，从不知人间忧愁。个性也是十足的北方，不拘小节，心无城府，憨憨厚厚，大而化之。婚礼是非常隆重的，鼓乐队和仪仗队蜿蜒了好几里路。新娘进门的时候，全家人都在院子里迎接。新月是努达海的二夫人，当然必须出席。这是新月好久以来，第一次出现在大家面前。她穿着她最喜欢的红色衣裳，戴着新月项链，头上簪着翡翠珍珠簪，耳下垂着翡翠珍珠坠，盛装之下，更显得美丽。雁姬虽然也是珠围翠绕，雍容华贵，但是，毕竟少了新月的青春，站在那儿，她就觉得自己已经黯淡无光了。

骥远这天非常帅气，白马红衣，英气逼人。骑在马上，他一路引着花轿进门。鞭炮声，鼓乐声，贺喜声，鼓掌声同时大作，震耳欲聋。努达海家中，挤满了宾客，都争先恐后地要看新娘下轿。真是热闹极了。

按照旗人规矩，新郎要射箭，驱除邪祟。新娘要过火，家旺人旺。两个福禄双全的喜娘扶着轿子，等着搀扶新娘下轿。新娘的手中，一路上都要各握一个苹果，象征平安如意。这位塞雅格格也很有趣，在路上，就闹了个小笑话。当队伍正在吹吹打打地行进当中，她不知怎的，居然让手中的苹果，滚了一个到地上去，害得整个队伍停下来捡苹果。喜娘把苹果给她送回花轿里去时，这位新娘挺不好意思地对喜娘掩口一笑。这会儿，轿子进了将军府的大门，停在院子里了。司仪高声喊着："新娘下轿！"塞雅被两个喜娘扶出了轿子。

"新娘过火，兴兴旺旺！"

早有家丁们捧来一个烧得好旺的火炉，塞雅低垂着头，看到那么旺的火，不禁吓了一跳。她穿着一件描金绣凤的百褶长裙，跨越炉火时，生怕裙摆拖进火里，就有些手忙脚乱。一时间，她又忘了手中的苹果，竟伸手去拉裙子，这一伸手，那个苹果就又掉到地下，骨碌碌地滚走了。

"哎呀！"塞雅脱口惊呼，也忘了新娘不可开口的习俗。"又掉了！"两个喜娘又忙着追苹果，这苹果滚呀滚的，刚好滚到新月的脚边。新月又惊又喜，觉得这个新娘真是可爱极了。她立刻俯身拾了苹果，送到花轿前去，喜娘忙接了过来，递给塞雅，并在她耳边悄悄叮嘱着："这次，你可给握牢了，别再掉了。"

骥远忍不住看过来，在纳闷之余，也感到一丝兴味。这是整个婚礼过程中，他觉得比较有趣的事了。

新月捡完了苹果，退回到人群中的时候，雁姬轻悄地走到她身边，不着痕迹地、轻声细语地说：

"我们家办喜事，用不着你来插手！苹果象征平安，你怎敢伸手去拿？不让咱们家平安的，不就是你吗？难道，你还要让新婚夫妇不得安宁吗？"

新月大大地一震，不敢相信地看着雁姬，点了点头说：

"我懂了！我会待在望月小筑里，恕我不参加骥远的婚礼了！"她低俯着头，匆匆地走了。

站在一边的努达海，愤愤地看着雁姬，真是对她恨之入骨。奈何在这样的场合，发作不得。

那天晚上，府中大宴宾客，流水席开了一桌又一桌。鞭炮丝竹，终宵不断。戏班子彻夜唱着戏，以娱嘉宾。努达海、雁姬和老夫人，周旋于众宾客间，忙得头昏脑涨。即使如此之忙乱，努达海仍然抽了一个空，回到望月小筑去看新月。握着新月的手，他难过地说：

"又让你受委屈了！"新月却高兴地看着努达海，发自肺腑地说：

"我有一个预感，这个婚礼会给骥远带来全新的幸福！不要为我的一些小事不高兴了，让我们为骥远祝福吧！我今天拾起了塞雅的苹果，不管雁姬怎么解释，我却认为，我是拾起了骥远和塞雅的平安，只要他们两个平安，就是全家的幸福了！""是！"努达海鼻子里酸酸的，"他的幸福，是我们最大最大的期望了！""快走吧！"新月推着他，"等会儿雁姬找不着你，又会生出许多事情来！快走快走吧！"

努达海依依不舍地看了她一眼，即使只是短暂的离开，依旧有心痛的感觉。因为，整个大厅中衣香鬓影，笑语喧哗，而这些笑容中独缺新月的笑，他就那么遗憾，那么寥落起来。这种感情，真是他一生不曾经历过的，这样的牵肠挂肚和割舍不下，他自己都感到困惑和不解，怎么世间竟有如此强烈的感情呢？这样的感情怎会发生在他努达海的身上呢？难怪雁姬他们不了解，他自己也无法了解！

这晚，在新房中，骥远掀开了塞雅的头盖。塞雅那张年轻的、清丽的面庞就出现在他眼前了。塞雅应该是羞答答的，不能抬头的，可是那塞雅太好奇了，居然抬眼去偷看骥远，这一看，心中的一块石头就落了地，感到喜欢，竟又忍不住掩口一笑。这一笑不打紧，旁边的喜娘丫头全都跟着笑开了。骥远怔怔地看着塞雅，心里就有点儿朦朦胧胧的喜悦。怎有这么纯真无邪的姑娘！接着，一大堆的繁文缛节，两人并排坐在床沿上，被大家折腾。喝交杯酒，吃子孙饽饽，倒宝瓶，撒帐……终于，喜娘们在骥远和塞雅身上，又动了些手脚，这才纷纷鞠躬离去。一个个笑嘻嘻地说着：

"请新郎新娘早点安歇！"

总算总算，房间里只剩下骥远和塞雅了。骥远想站起身来，一站，就差点摔了一大跤，这才发现，自己的衣服下摆，和塞雅的衣服下摆，打了一个结。塞雅忍不住伸手去拉骥远，张嘴说："小心……"才开口，就想起新娘子不可说话，要含蓄。她张着嘴，就愣在那儿。骥远慌忙去解那衣摆，偏偏解来解去解不开，闹了个手忙脚乱，他站起身来，干脆跳了跳，衣摆仍然缠在一块儿，骥远十分狼狈地说：

"这……怎么搞的？"塞雅又一个忍不住，再一次地笑了。

骥远对这个婚事，其实一直是非常排斥的。奉旨成亲，完全是被动的，不得已的。但是，被这个塞雅格格左一次笑，右一次笑，竟笑得怦然心动了。怪不得唐伯虎因三笑而点秋香。骥远也因塞雅的几笑而圆了房。

婚礼的第二天，照例有个见面礼，是由新娘来拜见新郎家的每一分子。也是这个见面礼上，新月才第一次见到了塞雅的庐山真面目。塞雅照着规矩，由乌苏嬷嬷一个个地介绍，她就一捧帕子，蹲下身去行礼，嘴里说着：

"奶奶吉祥！阿玛吉祥！额娘吉祥！小姑吉祥……"

这样子都轮过了，才轮到新月。乌苏嬷嬷一句：

"这是新月姨太！"那塞雅立刻眼睛发光地对新月看过来，丝毫都不掩饰眼里的好奇和崇拜。她特地往新月面前走了两步，喜悦地冲口而出："你就是新月格格？你的故事我都听说过了……""嗯哼！"雁姬重重地咳了一声，面罩寒霜，毫不留情地说，"塞雅，让我提醒你，她不是什么新月格格，她是新月姨太！以后不要乱了称呼！"

塞雅愣了愣，一脸的尴尬。新月已经习以为常，只是虚弱地笑了笑。努达海皱着眉头，竭力容忍。而骥远，脸上少有的一线阳光，又都一扫而空了。

塞雅是个非常单纯的姑娘，个性率直，这一点，倒和珞琳很像。但，珞琳是个小精豆子，聪明解人，很会察言观色，举一反三。塞雅不同，肠子是一根到底的，肚子里一点儿弯、一点儿转都没有。喜怒哀乐全都挂在脸上，天真极了，有时，简直带点儿傻气。嫁过来没多久，她和珞琳就成了好朋友。

这天，珞琳带着她逛花园，走着走着，就走到望月小筑门口来了。"这儿咱们别进去，"珞琳警告似的说，"这是新月住的地方。"一句话引起了塞雅所有的好奇。

"为什么呢？"她不解地说，两眼亮晶晶的，"她跟阿玛的故事，我统统知道，在家里的时候，我常常听我阿玛和额娘说起，说了好多好多，我对她真是崇拜极了！"

"你崇拜她？"珞琳惊奇地问，"真的崇拜她？"

"是啊！你想想看，她一个姑娘家，轰轰动动地私奔出京，听说只带了一个随从，居然天不怕地不怕地去了巫山，就为了找到阿玛，和他同生共死，这多么让人感动啊！什么世俗礼教，她都可以不管，已经指婚了，她也不顾，这真不是普通女子做得到的！我被她的故事，好几次都感动得掉眼泪呢！那时候，我已经知道自己被指给骥远了，所以对她和阿玛，更有一份特殊的感情，当他们回京的时候，我还跟我阿玛死缠活缠的，要他去向皇上说情，最后总算尘埃落定了，有情人终成眷属，你不知道我多么高兴啊！"

"难道，你没想过，他们这样的不顾一切，是对其他人的一种伤害吗？例如费扬古，例如我额娘……他们这样做，其实，是很自私，很不负责任的吗？"

"啊！"塞雅喊着，"如果她什么都想得到，什么都顾得到，她就不是新月格格了嘛！她就和我们这种被指婚就认命的普通女子一样了嘛！那么，这世界上就根本没有故事了嘛！"

珞琳以一种崭新的眼光看着塞雅，这种论调，她从来没有听过。她看着看着，叹了一口长长的气，伸手一握塞雅的手，有些激动地说："走！咱们拜访新月去！我相信，她会很想很想认识你！"

她们敲了望月小筑的门。当新月看到她们两个联袂来访时，那种又惊又喜的表情，那种手忙脚乱的欢迎，那种高兴得想哭的样子，和那种迫不及待的殷勤……使珞琳心中布满了酸楚。连云娃，都兴奋得不知所措了，一会儿端水果出来，一会儿端点心出来，一会儿倒茶，一会儿倒水，把一张小圆桌上面，堆满了吃的喝的。塞雅看着满桌子的点心，都不知道要从哪一样入手才好。"尝尝玫瑰酥饼吧！"新月忙端起玫瑰酥饼的盘子，不料珞琳同时说："最好吃的是玫瑰酥饼，不信你吃吃看！"

两人话一出口，就都忍不住互相看了一眼。塞雅笑嘻嘻地说："你们两个异口同声地推荐，那肯定好吃！"就拿了一块，吃了起来。新月用充满感情的眼光看着珞琳，说：

"我和珞琳都爱吃这个，有一次，两个人一面聊天一面吃这个，聊了一个下午，居然吃掉一整盒！"她叹了口气，"那种时光真好！"珞琳心中一热，颇不自在地避开了眼光。

塞雅却心无城府地嚷了起来：

"那多好！以后加我一个！我看啊，得准备两大盒的玫瑰酥饼才行！因为我好能吃！这么好吃，我一个人就能吃掉一盒呢！""只要你们肯来，要我准备多少盒都可以！"新月由衷地说。正谈得热闹，云娃又捧来一盘苹果。

"啊！苹果！"塞雅拍了拍自己的脑袋，"我被这个苹果整惨了！一辈子都忘不掉苹果了！"她看着二人，"你们知道吗？我成亲那天，这个苹果掉了两次呢！"

"两次？"新月和珞琳又异口同声地叫了出来，"啊？"

"你们都看到在院子里那次，你们不知道，在路上就掉过一次了！""啊？"两个人又"啊"了一声。

"在家里的时候哪儿受过这种折腾嘛！那轿子里太热了，我腾出一只手来扇扇风，结果轿子一晃，苹果就从我膝头上一路滚了出去，我听喜娘说，差点没把后头的队伍给摔成一团呢！"听到这儿，新月和珞琳都忍不住笑了。塞雅自己，更是笑得咯咯咯的。笑，是这么温柔又温馨的东西，它还具有传染性，会传给周围的每一个人，端着盘子的云娃也笑了，出来沏茶的砚儿也笑了，一边待候的丫头们都笑了。这笑声，是望月小筑好久好久以来，都不曾听到过的了。

这是一个开始，从这次以后，珞琳和塞雅，就经常一起来望月小筑了。毕竟，三个女孩子的年龄都差不多，就有许多女孩子可以谈论的话题。而塞雅，她那么崇拜着新月，忍不住，就要问新月许多许多问题。

"你怎么敢去巫山呢？"

"万一你被敌人俘虏了怎么办呢？"

"万一你遇不到阿玛怎么办呢？"

"万一你迷路了怎么办呢？"

"是啊！"新月仰首看着天空，出起神来，"有那么那么多个'万一'，当时，什么都想不到，只想，见不着他，我反正是不活了，既然死活都不在乎了，还有什么好怕的呢？"

塞雅神往地看着新月，爱死了她。而珞琳，忽然间就觉得自己那等待着嫁人的岁月，实在是太单调无聊了。

到了这个时候，珞琳的内心，已经原谅了新月。虽然，这种原谅，使她充满了矛盾和犯罪感。她觉得自己背叛了雁姬，却无法抗拒望月小筑的诱惑。何况，努达海看到她常常来，就喜欢得什么似的，那种喜悦巨大得像是一片无边无际的海洋，他就用这巨大的海洋把她包围住，轻声地说："就快要嫁了！在家的日子已经不多了，多让我看看你的笑容，听听你的笑声好吗？现在，你的笑声对我来说，真是弥足珍贵呀！"珞琳的眼眶，立刻就潮湿了。

虽然珞琳原谅了新月，骥远呢？

第十三章

当骥远发现塞雅常常去望月小筑时，他立刻就毛焦火辣起来。他盯着她，没好气地说：

"望月小筑是咱们家的禁区，连丫头们都壁垒分明，知道利害轻重，不该去的地方就不去，你怎么一天到晚往那儿跑？跑出问题来，别说我没警告过你！"

"会有什么问题呢？"塞雅喜滋滋地说，脸上堆满了灿烂的笑，"你不知道，那新月好迷人啊！她每次看到我们，都高兴得不得了，又拿吃的又拿喝的给我们！她那么热情，那么真挚，对我又是知无不言、言无不尽的，让我好感动啊！她还常常跟我问起你来呢！"

"问我？"骥远心中怦然一跳，脸色显得有些苍白，"她问我什么？"他努力维持着声音的平稳。

"问得可多啦！你好不好呀？快不快乐呀？上朝忙不忙呀？和我处得好不好呀？合不合得来呀？还一直追问我，是不是很喜欢你呀……问得我挺不好意思的……"

"那……"骥远咽了口气，"你怎么回答呢？"

"我啊……"塞雅羞答答地说，"我都是实话实说嘛！我告诉她你挺好的，就是……就是……"她悄眼看他，嘟了嘟嘴，"不说了！""说啊！"他情不自禁地追问着，"我最讨厌人话说一半，吞吞吐吐的！""就是脾气有些古怪！"塞雅冲口而出了，"有的时候好得不得了，有时，说不高兴就不高兴了。我都摸不清你呢！新月就跟我说……"她又咽住了。

"唉！你会不会把话一口气说完呢？"

"好嘛好嘛！新月就说，你是个非常热情、非常正直、非常善良、非常坦率的人，而且好有才华有思想的，出身于富贵之家，也没有骄气，实在是很难得的。像你这样的人，一定有自己的个性，有自己的脾气。所以，要我对你温柔一些，忍让一些，千万千万不要和你发脾气！"

骥远的脸绷着，分不出自己听了这番话，是安慰还是痛苦。而塞雅，越说越高兴了，就继续说了下去：

"我觉得，新月实在是个好可爱好可爱的女子！你看咱们家的女人，可以说个个都不平凡，奶奶那么高贵体面，额娘那么雍容华贵，珞琳那么活泼大方，只有我差一点……嘻嘻……"她又笑了，"可是，新月不一样，她真的不一样，说美丽吧，她并不算顶美丽的，我觉得咱们家最美丽的人不是新月，是额娘呢！但是，新月是千变万化的！时而娇媚，时而纯真，时而一片坦荡，时而又风情万种。她给我的感觉好复杂，说都说不清楚……""静如处子，动如脱兔。"骥远不知不觉地接了口，"柔弱时是个楚楚可怜的女孩，坚强时是个无惧无畏的勇者，有一个年轻的躯体，有一颗成熟的心！""对啦！"塞雅欢呼地说，"你说得比我好！新月就是这样的，总之，她好迷人，我就被她迷住了嘛！没有办法嘛！"

骥远不说话了，心里充满了一种难以描绘的情绪，有一些儿失落，有一些儿惆怅，有一些儿悲哀，还有一些儿心痛。那种对新月的憧憬和幻想，又被再度勾引了出来。他注视着塞雅，就觉得塞雅太单纯了，太孩子气了。

塞雅是真的迷上了新月，不知道怎样才能讨新月的喜欢，她开始把自己的一些家当都往新月房里搬。翻箱倒柜的，每天都找一些新鲜玩意去送给新月。今天送扇子，明天送花瓶，后天送发簪，再后天送珍珠……简直送不完。新月又感激又感动，在塞雅进门以前，望月小筑早已成了新月和努达海的"监牢"，虽然牢房里有着春天，但是，监牢仍然是监牢。缺乏生气，缺乏欢笑，缺乏自由，也缺乏友谊。现在，塞雅把所有的"缺乏"都给填满了。新月对塞雅，真是从内心深处喜欢她，也不知道要怎样讨塞雅的喜欢才好。

望月小筑里的欢笑，是带着传染性的。很快地，就传染给了老夫人。于是，老夫人也经常去望月小筑，跟大家一起吃吃喝喝，谈谈笑笑了。雁姬并不知道，忧郁和仇恨会把身边的每一个人都赶走。忽然间，她发现，自己完全被孤立了。这天，当望月小筑的笑声已经关不住了，穿墙越户地传到雁姬的耳朵里去的时候，雁姬整个人都被惊惧和悲愤给击倒了。"去给我把珞琳和塞雅都叫来！"她对甘珠说。

珞琳和塞雅匆匆忙忙地赶来了。只见雁姬脂粉未施，眼神涣散，衣衫不整，发丝零乱。珞琳一看，就吓了一跳，急忙问："额娘，你怎么了？生病了吗？哪儿不舒服吗？"

　　"你真关心我吗？"雁姬怒气冲冲地说，"我死了你们不是皆大欢喜吗？求之不得吗？"

　　"额娘怎么这样说呢？"珞琳不禁变色。

　　"那你要我怎么说呢？"雁姬尖锐地问，"你们在望月小筑里，笑得那么高兴，哪儿还有心思来管我是生是死？望月小筑里多好玩呀，有青春，有欢笑，有故事，有你们那伟大的阿玛，和烟视媚行的新月……你们眼里心里，还有我吗？有吗？有吗？"塞雅惊讶得张口结舌，愣愣地看着失神落魄的雁姬，什么话都不敢说。珞琳却扑向雁姬，急急地解释着：

　　"不是咱们不想陪你，你不知道，有时候咱们陪着你，你也是郁郁寡欢，一声不吭的，我们都不知道找什么话来跟你说才好！你常常拒人于千里之外，又常常乱发脾气，我们实在是有些怕你呀！""怕我？"雁姬一噱地站起身来，瞪大了眼睛，直问到珞琳脸上去，"你为什么怕我？咱们是母女呀！所谓的母女连心，我的苦，我的痛，你应该比任何人都了解！就算不了解，你也不至于要去推波助澜呀！你这样倒向新月，你到底把我置于何地呢？""不是不是！"塞雅插进嘴来，急于帮珞琳解围，"额娘别生气了，都是我不好，都怪我，是我老拉着珞琳陪我去望月小筑，是我闲不住，喜欢逛嘛！额娘如果不喜欢，咱们以后少去就是了！""你不要以为你也是一个格格，就和新月一个鼻孔出气！"雁姬的怒火蔓延到了塞雅身上，"你好歹是我的儿媳妇，别在那儿弄不清楚状况……""额娘！"珞琳心里一酸，扑过去抓住雁姬，摇撼着她，迫切而哀恳地喊，"停止吧！停止这场战争吧！我忍了好久好久，一直想跟你说这句话，原谅了新月和阿玛吧！这样充满了仇恨的日子，你过得还不够？为什么不试试宽恕以后，会是怎样一种局面？说不定会柳暗花明呢？"

"你说的这是人话吗？"雁姬激动地一把抓起了珞琳的衣襟，吼着说，"这是谁教你说的？是谁让你来说的？"

"没有人教我，这是我心里的话！"珞琳喊着。

"你心里的话？"雁姬悲痛莫名地嚷，"你还有心吗？你的心早被狗吃了！你居然要我宽恕他们，要我向他们求和？那等于是向所有的人宣告我认输，我投降，然后呢？让新月的地位扶摇直上，堂而皇之地坐上第一把交椅，让我在失去丈夫之外，还要失去地位，失去尊严，是不是？是不是？你怕我失去的还不够多，还要逼我再多失去一些，你……你这个叛徒，你居然这样子来糟蹋你的母亲！"

"我不是要逼你失去任何东西，是为了你好！巴望你恢复原来的样子啊！"珞琳一边喊着，一边拉了雁姬，就把她拖到妆台前的镜子前面，"看看你自己，额娘，看看你自己吧！"她痛喊着："我那个美丽端庄、亲切可人的额娘到哪里去了？你把自己弄得邋里邋遢，面黄肌瘦，用这种虐待自己的方式来争取关心，争取同情，这样就很有自尊吗？""住口！住口！"雁姬挣扎着，像一只困兽，"不要再说了！"

"我要说！我要说！"珞琳更激烈地摇着雁姬，"你已经变成一个想法怪异、说话不可理喻、行为乖张叫人难以亲近，甚至会害怕躲避的怪人了，你知不知道？"

雁姬盛怒之下，扬起手来，"啪"的一声，给了珞琳一个清脆的耳光。珞琳住了口，用手抚着面颊，不敢相信地看着雁姬，眼中盛满了惊愕和痛楚。然后，泪水就滴滴答答地滚落，她放开了雁姬，身子一直往后退，嘴里喃喃地，委屈而伤心地说：

"不是我背叛你，是你拒绝我，推开我，现在，更打了我！这样的额娘，我根本不认得，不认得呀！"

说完，她掉转身子，飞奔而去。

塞雅看得目瞪口呆，吓得魂飞魄散，呆呆地站着，简直不知道该如何是好。雁姬站在那儿，好半天动都不动。甘珠走过去，小心翼翼地扶她走到床边，挽着她坐下来，她就被动地坐着，两眼直直地看着前方，眼神空洞得吓人。过了好久，她才骤然间仆倒在床，痛哭失声。这一哭，像野兽垂死的干嚎，嚎尽了心中的每一滴血。塞雅被这样强烈的感情，惊得连思想的能力都没有了。

这天晚上，塞雅把白天发生的事告诉了骥远。骥远的脸色难看极了，对塞雅冷冷地说：

"你学一个乖，别再去望月小筑了，要不然，下次挨打的人，就轮到你了！懂吗？"

塞雅不懂。她不懂人生怎么有这么复杂的感情，在家里，她的父亲有四个姨太太，她的额娘很认命，说男人都是这样的，家里偶尔也有争风吃醋的事发生，都很快就结束了。真不懂一个新月，怎会把努达海家，搅得天翻地覆？她问骥远，骥远却叹了口长长的气，也不跟她解释，一个人跑到书房去练字。把她留在那儿，想来想去想不通。

然后，珞琳来找她，两只眼睛肿得像核桃似的。

"咱们以后，不能再去望月小筑了。"珞琳悲哀地说，"最起码，我不去了，要去你一个人去！不过，我劝你也是不去的好！"塞雅点了点头，眼中盛满不舍和难过。

"额娘怎样了？还在跟你生气吗？"她小声问。

珞琳摇了摇头。"刚刚她来了我房里，又说又哭地讲了好半天，她毕竟是我亲生的娘呀！我好难过，觉得自己很不孝，把她弄得那么伤心……"她说着，又掉下泪来，"结果，她也哭，我也哭，母女两个，抱在一起哭了好久。所以，我现在决定，我不要再惹她伤心了！""怎会这样子呢？"她困惑而悲哀，"额娘为什么不看开一点呢？""如果有一天，骥远爱上了另一个女子，你会看得开吗？"珞琳忍不住问，"你能接受吗？"

塞雅茫然了。她还在新婚燕尔，她从没想过这样的问题。

"我想，人和人都不一样，问题只出在，我额娘爱我阿玛，爱得太多了！不知道可不可能，咱们人类，将来有一天，变成一夫一妻制，那就天下太平了！"

"如果真的那样，"塞雅迷惘地说，"新月怎么办？你阿玛碰到新月这样的女子，他又要怎么办？"

是啊！那样的天下，也不一定太平。或者，有人类，就不能太平吧！珞琳想不动了，头好痛。塞雅也想不动了，心好乱。珞琳走了之后，塞雅去书房看骥远练字。骥远在好几张宣纸上，写满了相同的两个句子：

本待将心托明月，奈何明月照沟渠。

骥远一看到塞雅进来，就把所有的宣纸都揉成了一团，丢进字纸篓里。他的脸色凝重，眼神阴郁。身上心上，都好像沉甸甸地压着某种无形的重担。在这一刻，他距离她好遥远啊！实在不像一个甜甜蜜蜜的新郎官啊！塞雅迷迷糊糊地站着，有点儿神思恍惚。今天发生了太多的事，她真的想不动了。第二天的午后，塞雅一个人到了望月小筑。

新月一如往常地迎上前来，很惊讶地四面张望着：

"今天怎么来得这么晚？珞琳呢？怎么没有和你一起来？"

塞雅握住了新月的手，眼中，已凝聚了泪。新月立刻就变色了："发生什么事情了，对不对？"

塞雅点了点头，叹了口气。

"昨晚额娘大发了一顿脾气，我……我真没想到，咱们之间的友好，会让她那么反感……更糟的是，珞琳冲动地顶撞她，被打了一个耳光！"新月咽了口气，整颗心沉进了地底。她知道，望月小筑中的欢笑已逝，好景不再。听到珞琳挨打，她更是惊怔莫名。

"她们母女闹得不可收拾吗？"她睁大眼睛问。

"是啊！闹得好凶，我从没看过母女之间这样吵法，把我吓坏了！不过，珞琳说，现在已经没事了，只是，她不能再来这儿了！至于我……恐怕以后也不能来了！"

新月咬紧了嘴唇，勉强地点了点头。面庞上的阳光，全体隐没了。"对不起！"塞雅的眼眶，迅速地潮湿了，"我真的非常非常喜欢你！来望月小筑的这段日子，也是我有生以来，最快乐的时光。演变成这样子，我……我实在太难过了！"说着说着，她的泪水就无法控制地滚落下来了。

新月被她这样一哭，立即就热泪盈眶了。她一手握紧了塞雅的手，另一手抓起手绢给她拭泪，哽咽地说：

"不要和我说对不起，你没有一丁点儿的错。这是我的命运，上天赐给了我努达海，收走了我和其他人的缘分，孤寂之苦，是我注定该受的！由于你的善良跟热情，已经让我额外享受了一段欢乐时光，我真应该好好谢你才是！"

"新月！"塞雅喊了一声，一时间，热情迸发，不可自已，扑在新月肩上，就"哇"的一声，大哭起来了。

新月又激动，又伤心，又舍不得，又难过……抱着塞雅，也哭了。两个女孩哭了好半天，才在云娃的安抚下勉强拭泪。两人泪眼相看，都是那样的依依不舍，真是越看越伤心。然后，新月一低头，瞥见自己胸前垂挂的项链，一个冲动之下，便伸手将项链取了下来："塞雅，这段日子以来，你送给我许多东西，有形的，无形的，丰富得让我无以为报，偏偏现在又变成这种情况，往后相聚的时候不多，我更无从回报了！那么，让我把这条新月项链送给你吧！"塞雅吓了一跳，慌忙推辞。

"不不不！这条项链，我看见你天天戴着，可见它是你最珍贵最重视的东西，这我怎么能收呢？"

"你说得不错，它确实是我最珍贵最重视的东西，它包含了许多人的心意，也牵系过深刻的感情，它对我来说，是意义重大的。正因为如此，我才想把它送给你。而且，我有一种奇妙的感觉，觉得这条项链应该属于你！我把心爱的东西送给心爱的人，正是让它适得其所！请你不要拒绝我！"

新月说得那么诚恳，塞雅感动万分，就由着新月，把项链戴上了。

第十四章

　　黄昏时候，塞雅刻意地换上一件和新月十分类似的红色衣裳，梳了一个新月最爱梳的凤尾髻，再簪上一对新月常常簪的凤尾簪。这对凤尾簪是翠蓝色的，垂着长长的银流苏，煞是好看。当初塞雅看新月戴着，太喜欢了，偷偷地去仿造着打制的。再戴上了新月的那条项链，对着镜子，她自己觉得，颇有几分新月的味道了。等骥远回来，会吓骥远一跳。她想着。为什么要刻意模仿新月，她自己也不太明白。主要是太崇拜新月了，太喜欢新月了。再来，也是有点淘气。或者，还想用这个模仿，冲淡一些和新月分开的哀愁吧！总之，她把自己打扮成了新月，连眉毛的形状，都照新月的眉形来画。口红的颜色，都是新月常用的颜色。然后，她就端端正正地坐在那儿，等骥远回家。塞雅想吓骥远一跳，她确实达到了目的。但是，她却不知道这场模仿的后果，竟是那么严重！如果她事先知道，恐怕打死她，她也不会去模仿新月！

当骥远回到家里，在朦胧的暮色中，乍然看到塞雅时，他的心脏就怦然一跳，几乎从口腔中跳了出来。他不敢相信地呆在那儿，嘴里低低地、喃喃地念叨着说：

"新月？新月？"塞雅故意低垂着头，骥远只看得到那凤尾簪上垂下的银流苏，和她胸前那条新月项链。他忽然就感到一阵晕眩，呼吸急促。他心跳的声音，自己都听得见。他的手心冒出了冷汗，整个人顿时陷进一种前所未有的紧张和慌乱里。因为，她那样静静地坐着，那样低垂着头，那样绕着小手绢，那样欲语还休……不！他心中蓦然发出一声狂叫：这不是新月！新月只有在他梦中，才会以这种姿态出现！他心里尽管这样狂叫着，嘴里吐出的却是怯怯的声音：

"新月？为什么你在这儿？"

塞雅突然抬起头来，笑了。

"哈！"她说，"我骗过了你！我是塞雅呀！"

骥远大大地一震，眼睛都直了。

"你……你是塞雅？"他呆呆地问，神思恍惚。

"是呀！"她欢声地说，站了起来，在骥远面前转了一个圈子，完全没有心机地问，"我像不像新月？像不像？"

骥远蓦然间，有一种被欺骗、被玩弄的感觉，在这种感觉中，还混杂着失望、失意和失落。他像是被什么重重的东西当头敲到，敲得头晕眼花，简直不辨东南西北了。然后，他就不能控制地狂怒起来。

"谁教你打扮成这样？谁教你冒充新月？"他对着塞雅大吼。塞雅吓得惊跳起来，从没看过骥远如此凶恶和狰狞，她慌乱得手足无措。"这……这……这是我……我……"她一紧张，竟结舌起来。"谁给你的衣裳？谁给你的发簪？谁给你的项链？"他吼到她的脸上去，"是新月，是不是？是不是？她要你打扮成这样，是不是？""不是！不是！"塞雅吓哭了，"是我自己打扮的，只是为了好玩……""好玩？"骥远咆哮地打断她，"你疯了！这有什么好玩？你什么人不好模仿，你要去模仿新月？"他抓起她胸前的衣服，给了她一阵惊天动地的摇撼，"你这个无知的笨蛋！这有什么好玩？你告诉我！告诉我……"

"我现在知道不好玩了，不好玩了嘛！"塞雅哭着喊。

"你从哪里弄来的项链？你说！"

"项链是新月送我的！衣服是我自己的，发簪是我定做的……""新月给你项链？胡说！"他怒骂着，"新月怎么可能把她的项链送给你？她怎么可能把这条项链送给你……"

"是真的！是真的！"塞雅边哭边说，"她说这条项链是她最珍贵的东西，但她愿意送给我，我也知道不大好，但她一定要给我，我只好收下嘛……我和新月，东西送来送去，是常常有的事，你干吗生这么大的气嘛！"

骥远的两眼，直勾勾地看着那条项链，那块新月形的古玉，那垂挂着的一弯弯小月亮……是的，这是新月那条独一无二的项链！他心中一阵撕裂般的痛楚，更加怒发如狂了。

"你给我拿下来！拿下来！"他嘶吼着，就伸手去摘那项链，拉拉扯扯之下，项链钩住了塞雅的头发，塞雅又痛又怕，哭着叫："你弄痛我了……为什么要这样嘛？"

"我弄痛你又怎样？谁叫你让我这么生气？家里的人哪个你不好学？你可以学额娘，可以学珞琳，甚至可以学甘珠，学砚儿，学乌苏嬷嬷……你就是不能学新月！我不准！我不准！我不准！我不准……""我知道了，知道了……"塞雅哭得上气不接下气，拼命点着头，"我以后再也不敢了呀！我谁谁谁……都不敢学了呀！"骥远终于夺下了那条项链，他红着双眼，瞪视着手里的项链。恨意在他的体内扩散，涨满了他整颗心，涨满了他整个人。"啊……"他发出一声狂叫，好像体内聚集了一股火山熔浆，非要喷发出去不可。他握紧了项链，掉头就冲出了房间，一口气冲向了望月小筑。像一只被激怒的斗牛，骥远撞开了望月小筑的院门，一直冲进了望月小筑的大厅。努达海还没有回家，新月和云娃正拉着克善量身，要给他做新衣服，因为他最近长高了好多。被骥远这样狂暴地冲进来，三个人都吓了好大的一跳。还来不及反应，骥远已直冲到新月的面前，用力地把手往前一伸，手指上缠绕着那条项链。他咬着牙，喘着气，死死地瞪着她问："这是你送给塞雅的吗？你是什么意思？你为什么把它送给塞雅？"新月被他的气势汹汹给吓住了，吃惊地睁大眼睛：

"你怎么这样问？我……我没有恶意呀！我只是要表示我的一番心意啊！""心意？"骥远受伤地怒吼，"你根本没有心才送得出手，如果你我之间，还有什么称得上是美好的，大概就剩下这条项链了！它代表还有一段纯真岁月是值得记取的，结果你却把它送人，连这一丁点儿你都把它抹杀了，你不觉得你太残忍了吗？"新月太震惊了，到了此时，才知道骥远对自己用情竟如此之深！她张口结舌，一时间，答不出话来。骥远恨恨的声音，继续地响着："我知道你根本不把我放在眼里，现在经过这么多不痛快的事以后，你甚至讨厌我，痛恨我，那么，你大可把这条项链扔掉，就像你弃我如敝屣一样！"他把项链"啪"的一声放在桌上，命令地大吼，"你现在就这么做，你摔了它，扔了它，砸了它，毁了它……你要怎么处理它都可以，就是别让它在另一个女人胸前出现！"克善被这样的状况又吓得脸色发白了，他缩在云娃怀里，惊慌地说："这条项链是咱们买的呀！为什么要砸了它，毁了它呢……""是呀！"云娃立刻接话，"少爷你别忘了，这条项链不是你送的，是克善送的呀！格格要送谁就送谁，你这样东拉西扯的，太过分了！"新月急忙把云娃和克善往里面房间推去。

"云娃，你给我看着克善，不要搅和进来！这儿我能应付，让我跟他慢慢地说！你们快走，快走！"

推开了克善和云娃，新月往前迈了一大步，急急地对骥远解释："请你不要这么生气，项链是我珍惜之物，绝不是随手可弃的东西，把它送给塞雅，确确实实是一番好意，我真的没想到这样会激怒你呀！""你也没想到她去做了一件和你一样的红色衣裳，打了一副和你一样的发簪，梳了一个和你一样的发髻，再戴上这条项链，变成了第二个新月！你也不会想到，当我下朝回家，来迎接我的，竟是一个假新月！你教我作何感想？你教我如何自处？我已经苦苦压抑，拼命掩饰了，我是这样辛苦地要遗忘、要摆脱，结果和我朝夕相处、同床共枕的人，却装扮成你的模样……你们两个，是存心联起手来，把我逼疯吗？"

新月太惊愕了："有这样的事？我真的没有想到啊！"

"她成天在你这儿流连忘返，翻箱倒柜地找宝贝取悦你，满口的新月这样，新月那样……简直把你奉若神明！你的情奔巫山，对她而言，像是一篇传奇小说，你会不知道你对她造成多大的影响？我每天每天，必须忍受她说这个，说那个，这还不够吗？我逃也逃不开，避也避不开你的阴影，这还不够吗？你还要让她装扮成你来打击我、挫败我……"

"我没有，我没有，我没有！"新月急喊着，"我只是太高兴了，因为她肯跟我做朋友，我就受宠若惊了！我怎么会要打击你呢？我是这样战战兢兢，唯恐你们生我的气，我都不知道要怎样才能让大家都高兴，我发誓，我一直是这种心态，我怎么可能要打击你呢……"

"我不要听！"骥远咆哮着，"你如果为我设身处地地想过，你就应该远远地避开她！我心中的隐痛，她不了解，难道你也不了解吗？还是你压根儿就不在乎，还是你很乐意看到我受苦受难……""不……"新月惶恐地、哀恳地看着骥远，"不是这样，真的不是这样啊……我以为，塞雅已经治好了你心里的痛……""啊！不要对我说这种鬼话！"骥远更加受伤地狂叫，"你对别人的伤痛，是如此的不知不觉，你最少应该知道，这条新月项链，已经形同你的徽章一样，整个将军府都知道它的来历，它的故事，结果现在叫塞雅戴着到处跑，向所有的人提醒我的失败，提醒这个家族中发生的故事，你叫塞雅变成一个笑话，叫我无地自容，你知不知道？"

新月拼命地摇头，越听越惊慌失措，简直百口莫辩。泪水便夺眶而出。"骥远，你简直是……欲加之罪，何患无辞啊！"她痛苦地喊。"是我欲加之罪……好，好，是我欲加之罪！"他抓起桌上的项链，往她手中一塞，"你给我砸了它！你给我摔了它！你砸啊，摔啊……""我不！"新月握着项链，转身就逃，"这是我最宝贵的东西，我为什么要砸了它？你不了解我把它送给塞雅的深意，我收回就是了！我不砸！我不砸，我不……"

骥远此时，已失去了理智，他一个箭步冲上前去，一把就抓住了新月的手腕，拼命摇撼着她，嘴里大吼大叫着：

"砸了它！砸了它！砸了它……"

"我不要！我不要……"新月哭喊着，"放开我！放开我……"这样的大闹，把云娃、克善、砚儿和丫头们都惊动了，云娃一看这种局面，就冲上去救新月，嘴里十万火急地对砚儿喊："快去请老夫人，请小姐，请塞雅格格……找得到谁就请谁，统统请来就是了！"砚儿飞奔而去。云娃扑向新月，去抓新月的手，要把新月从骥远的掌握下救出来，一面对骥远大喊：

"少爷！你放开格格呀！请你不要失了身份呀！少爷，你冷静下来啊……""我不要冷静！我也没有身份，我早就没身份可言了！你给我滚开！"骥远的手，仍然牢牢地扣住新月的手腕，抬起脚来，就对云娃踹了过去，云娃痛叫一声，整个人就飞跌出去，身子撞在桌子脚上，把一张桌子给撞翻了。

这一下，桌子上的茶杯茶壶，书书本本，香炉摆饰，全都稀里哗啦地摔碎在地上，碎片溅了一地都是。就在此时，努达海从外面回来了。他在院子里就听到了吵闹的声音，依稀是骥远在咆哮，他大吃了一惊。待到冲进门来，一看到这个局面，简直不相信自己的眼睛，当下就脸色大变，厉声地大吼："骥远！你在干什么？你反了吗？快放开新月……"说着，他一把就揪住了骥远肩上的衣服。

骥远看到努达海，也吓了一跳，抓住新月的手就松了松，新月趁此机会，拔脚就跑。骥远见新月跑了，居然拔脚就追。努达海这一下，气得浑身三万六千个毛孔，全都冒烟了。他扑了过去，对着骥远的下巴就挥了一拳。骥远连退了好几步，还没有站稳，努达海已整个人扑上去，抓着骥远拳打脚踢。嘴里怒骂着："你这个逆子，居然敢在望月小筑里作乱行凶，新月是你的姨娘，你不避嫌，不尊重，简直是不把我放在眼里！你这个混蛋！畜生！"骥远被努达海这一阵乱打，打得鼻青脸肿，他无从闪避，猛然间使出浑身的力量，振臂狂呼：

"啊……"这一使力，努达海在全无防备之下，竟被振得踉跄而退，差一点摔了一跤。努达海站稳身子，又惊又怒地瞪着骥远：

"你……你居然还手？"

"我受够了！"骥远再也忍耐不住，狂叫着说，"只因为你是老子，我是儿子，你就永远压在我头上，哪怕你不负责任，薄情寡义，自私自利，不问是非，比我还要混蛋千百倍！但因为你是老子，就可以对我大吼大叫……"

"放肆!"努达海对着骥远的下巴,又是一拳。"你看!你还是用父亲的地位来压我!什么叫放肆!你说说看!只有你能对我吼,我不能对你吼吗?你吼是理所当然,我吼就是放肆吗?你来呀!来呀……"他摆出一副打架的架势来,"今天你有种,就忘掉你是老子,我是儿子,咱们就是男人对男人的身份来较量较量,我老早就想还手,和你好好地打一架了!"努达海气炸了:"打就打!难道我还怕了你不成?"

于是,父子二人,就真的大打出手。新月站在旁边,急得泪如雨下。"不要不要啊!"她紧张地大喊着,"努达海,不可以!你把事情弄清楚再发脾气呀!骥远没有怎样啊……是我不好……是我不好……骥远,骥远!你住手吧!那好歹是你的阿玛啊……"两个暴怒中的男人,根本没有一个要听她的话,他们拳来脚往,越打越凶,房间里的桌子椅子,瓶瓶罐罐,都碎裂了一地。因为房子里施展不开,他们不约而同,都跳进院子里,继续打。努达海见骥远势如拼命,心里越来越气,重重地一拳挥去,骥远的嘴角就流出血来了。骥远用手背一擦嘴角,见到了血渍,就更加怒发如狂了。他大吼一声,一脚踹向努达海的胸口,力气之大,让努达海整个人都飞跌了出去。新月、云娃、克善和丫头仆人们,惊呼的惊呼,尖叫的尖叫,乱成一团。就在此时,老夫人、雁姬、珞琳、塞雅、阿山、莽古泰、甘珠、乌苏嬷嬷、巴图总管、砚儿……还带着其他的丫头家丁,浩浩荡荡地都赶来了。众人看到这个情形,都惊讶得目瞪口呆。然后,老夫人就气急败坏地叫了起来:

"天啊！怎会有这样荒唐的事情？怎么会闹成这个样子？太不像话了！老子和儿子居然打成一团，我这一辈子还闻所未闻，见所未见，你们……你们……咳！咳！咳……"老夫人一急，就剧烈地咳嗽起来，"你们还不给我停止！停止！咳……咳……""阿玛啊！骥远啊！"珞琳也尖叫着，"求求你们别打别打呀……""骥远！骥远！"塞雅吓得哭了，"为什么要这样子！你到底怎么了？""住手住手呀！"新月也哭喊着，"再打下去，你们一定会两败俱伤，努达海，求求你不要再打了……"

　　就在大家你一言、我一语的喊叫声中，努达海和骥远的打斗仍然在继续，两人都越打越火，下手也越来越重。努达海一个分神，被骥远的螺旋腿连环扫到，站不稳跌了下去。骥远立刻合身扑上，两人开始在地上翻滚扭打。老夫人气得快晕过去了，直着脖子喊："阿山，莽古泰，你们都站在那儿发什么呆？还不给我把他们拉开！快动手呀！快呀……"

　　莽古泰、阿山、巴图和好几个壮丁，立刻一拥而上，抱脖子的抱脖子，抱腿的抱腿，硬生生地把二人给分开了。莽古泰和阿山扣着努达海，巴图和几个家丁死命拖开了骥远。两人看起来都非常非常地狼狈，骥远的嘴角破了，血一直在流。努达海左边眉毛上边划了一条大口子，半边脸都肿了。至于身上，还不知道有多少的伤。两个人被拉开远远的，还张牙舞爪地怒瞪着对方。塞雅立刻跑到骥远面前，用一条小手绢给他擦着嘴角的血渍，泪水滴滴答答地一直往下掉。

　　"看你弄成这样子，要怎么办嘛？明天早上怎么上朝嘛！"

"打伤了哪儿没有？"老夫人伸过头来问，却也情不自禁地回头去看努达海，"你呢？我看，巴图，你赶快去教场里把鲁大夫请来，给他们父子二人好好地瞧一瞧！"

"不用了！"努达海挥了挥手，"我没事！"他挣开了莽古泰和阿山的搀扶，想往屋子里走去，脚下，依旧掩饰不住地踉跄了一下。新月立刻上前扶住。她手中，仍然紧握着那条闯祸的新月项链。"好了！好了！两个人回房去给我好好地检查检查，该请大夫就请大夫，不可以忍着不说！"老夫人息事宁人地说着，"雁姬、塞雅，我们带骥远走吧！新月，努达海就交给你了！"

新月连忙点头。"乌苏嬷嬷！叫大家散了，该做什么就做什么去！"老夫人再说。于是，老夫人、珞琳、塞雅和雁姬，都簇拥着骥远离去。雁姬从头到尾没说过话，只是用那对冰冷冰冷的眸子，恨恨地盯着努达海和新月。此时，他们一行人都从新月和努达海身边掠过，雁姬在经过两人面前时，才对新月冷冷地抛下了两个字："祸水！"新月一震，浑身掠过了一阵战栗。努达海感到了她的战栗，就不由自主地也战栗起来。两人互视了一眼，都在对方的眼光中，看出了彼此的痛楚。这痛楚如此巨大，两个人似乎都无力承担了。这天晚上的将军府，笼罩在一片阴郁的气氛里。无论是雁姬房、骥远房，还是望月小筑，都是沉重而忧伤的。

骥远躺在他的床上，十分不耐地忍受着老夫人、雁姬、珞琳和塞雅的轮番检视和疗伤，老夫人知道他只是皮肉伤之后，就忍不住开始数落他了："不是早就三令五申了，谁都不许去望月小筑闹事的吗？你为什么不保持距离，一定要去招惹你阿玛呢？你已经老大不小，都娶媳妇的人了，怎么还这样任性？尤其不应该的，是居然和你阿玛动手，这不是到了目无尊长的地步了？你怎么会这个样子呢？"骥远的怒气还没有消退，闭着眼睛，一句话也不回答。雁姬越听越不服气，在一边接口说：

"额娘，一个巴掌是拍不响的！骥远一向规矩，别人不去招惹他，他也不会去招惹别人的！至于打架，不是我要偏祖他，做老子的也应该有做老子的风度，如果骥远不还手，由着他打，只怕现在连命都没有了！别尽说他目无尊长，要问问努达海心里还有没有这个儿子！"

"你不要再火上浇油了好不好？"老夫人有些激动起来，"一个是我儿子，一个是我孙子，谁伤到谁，我都会心痛死！骥远有什么不满，应该先来找我，不该自个儿横冲直撞，何况小辈对长辈，无论怎样都该让三分，这是做人的基本道理！我这样讲他两句，有哪一句讲错了？"

"问题是，"雁姬仍然没有停嘴，"骥远的不满，恐怕不是额娘您能解决的……"眼见老夫人和雁姬又将掀起一场新的战争，骥远立刻从床上翻身而起，急急地说：

"好了了好！奶奶教训的是！一切都是我的不对，这样行了吗？可不可以让我睡一睡呢？我的头都要爆炸了！"

"好好好……"老夫人急忙说，"咱们都出去，让他休息休息……塞雅，你陪着他，看他想吃什么，喝什么，就马上叫丫头来告诉我！""是！"塞雅低低地应着。

"走吧！"老夫人带着雁姬和珞琳，退出了骥远的房间，走到门口，骥远忽然喊："奶奶……"老夫人回过头去。"您最好去看看阿玛……"骥远冲口而出，"打起架来，谁都没轻没重……"老夫人看着骥远，为了骥远突然流露的亲情而眼眶潮湿了。她对骥远深深地点了点头，匆匆地走了。

房间里剩下了塞雅和骥远。塞雅开始呜呜咽咽地哭泣起来。一边哭着，一边委委屈屈地说：

"我被你吓也吓够了，凶也凶够了，可我到现在还糊里糊涂，你可不可以告诉我，到底为什么你要发这么大的脾气？为什么一条项链会弄成这样惊天动地的？你跟我说说呀！"

骥远转过身子，面朝里卧，想逃开塞雅的询问。塞雅不让他逃，用手扳着他的肩，她把他拼命往外扳。

"不行，你得跟我说清楚，我是你的妻子，你没有什么话不能对我讲！你这样大发脾气，到底是因为你太讨厌新月，还是因为你太喜欢新月？你……你……"她越想越害怕，越想越疑心，"你不要把我当成傻瓜，我再傻，也看得出来这里面的文章不简单，是不是……是不是……"她的泪水拼命往下掉，"是不是你和新月有过什么事？她一直住在你家里，是不是她跟你也有……跟你也有什么故事？你……你说呀！你告诉我呀……"骥远一唬地回过身来，抓住塞雅的臂膀，就给了她一阵惊天动地的摇撼，嘴里嘶哑地吼叫着：

"住口！住口！不要再说一个字，不要再问一个字！你侮辱了我没有关系，你侮辱了新月，我和你没了没休！你把她想象成怎样的女人？你脑袋里怎么如此不干不净？这个家里如果有罪人，这个罪人是阿玛，是我，但是，绝不是新月！"

塞雅张大了嘴，瞪视着骥远，越听越糊涂，只有一点是听明白了：骥远对新月，确实是太喜欢了！甚至，是太太太喜欢了！她怔了怔，蓦然转身，往屋外就跑，说：

"我去问新月！"骥远飞快地跳起来，拦门而立，苍白着脸，沙哑地说：

"不许去！我已经闹得太凶了，你不能再去闹了，丢人现眼的事，今天已经做够了，你，给我维持一点自尊吧！"

她瞪着他，眼睛睁得又圆又大。

"我的假面具已经拆穿了，我也没有力气再伪装了！你最好识相一点，不要再烦我了！你已经有了我的人，请你不要管我的心！"她的眼睛睁得更大了，张开了嘴，她想说话，却说不出任何一个字，心中，排山倒海般涌上了一股悲切的巨浪，这巨浪仿佛从她嘴中，一涌而出。她便"哇"的一声，痛哭失声了。骥远头痛欲裂，心烦意乱，抓着她的胳臂，又是一阵摇撼："别哭别哭！"他嚷着，"让我坦白告诉你吧，结婚那天，就是因为你那么爱笑，一再对我露出你甜美的笑容，我才会怦然心动地要了你，假若现在你要做一个哭哭啼啼、动不动就掉眼泪的女人，我会对你不屑一顾的！你信不信？"

塞雅再"哇"了一声，哭得更凶了。骥远用手抱住头，转身就去开房门，嘴里乱七八糟地嚷着：

"我走！让你去哭个够！"

塞雅想都没想，一把推开了骥远，用自己的背去抵在房门上，把整个身子，都贴在门板上，不让他走。她用手臂和衣袖，忙不迭地去擦着脸上的泪，泪是越擦越多，她也弄了个手忙脚乱，脸上的胭脂水粉，全都糊成一片。她喉中不断地抽噎，却不敢哭出声来，弄得十分狼狈。她一边拼命地摇头，一边不住口地说："不哭不哭，我不哭，不哭……"

骁远看着她那种狼狈的样子，忽然间，就觉得自己是混蛋加三级，简直一无可取，莫名其妙。他垂下头去，在强烈的自责的情绪下，根本不知该如何自处了。

同一时间，老夫人带着珞琳，捧着祖传的专治跌打损伤的药酒，专门送去望月小筑。努达海看到老母如此奔波，又疼孙子，又疼儿子的，心里的后悔和沮丧，简直无法言喻。老夫人看他的表情，已知道他的难过，拍拍他的手背，她不忍责备，反而慈祥地安慰他：

"放心，骁远只有一些皮肉伤，已经上过药了，都没事！你呢？有没有伤筋动骨的？可别逞强啊！"

"我也没事！"努达海短促地说。

老夫人抬头看新月，新月眼中泪汪汪，欲言又止。于是，老夫人知道，努达海一定挨了几下重的。心中又是怜惜，又是心痛。见努达海默默不语，眼中盛满了无奈和沉痛，就又拍拍他的手说："父子就是父子，过两天，就雨过天晴了。嗯？"

努达海点了点头，说不出任何话来。珞琳看着鼻青脸肿的努达海，又看着站在一边默默拭泪的新月，觉得心里的酸楚，一直满起来，满到了喉咙口。她扑了过去，一下子就扑在努达海怀中，掉着泪说：

"阿玛！咱们家是怎么了？真的没有欢笑了吗？"

努达海把珞琳的头，紧紧地往自己怀里一揽，眼睛闭了闭，一滴泪，竟从眼角悄悄滑落。努达海是从不掉泪的，这一落泪，使老夫人悲从中来，再也忍不住了，泪水就泉涌而出。新月急忙掏出手绢，为老夫人拭泪，还没拭好老夫人的泪，自己却哭得稀里哗啦了。这样一来，祖孙三代都拥在一起，泪落不止。老夫人搂着新月，哽咽地说：

"努达海，新月，你们两个这种生死相许的爱，我并不是十分了解，雁姬那种咬牙切齿的恨，我也不是十分了解。至于骥远这笔糊糊涂涂的账，我更是无从了解。我只希望，有个相亲相爱的家，没料到，在我的老年，这样普通的愿望，竟成了奢求！"努达海痛苦地看着老夫人，沙哑地说：

"额娘！让您这样难过，这样操心，我实在是罪孽深重！走到这一步，我方寸已乱，真不知该如何是好！但是，请您放心！今天的事，再也不会发生了！"

老夫人一边掉泪，一边拼命点着头。

珞琳从努达海怀中抬起头来，含泪看着努达海，哀恳地说："阿玛！你再给额娘一个机会吧！"

"不是我不给她机会，是不知道怎样给她机会！我和她之间，已经闹得太僵了！"努达海悲哀地说，"珞琳，你不懂，你的额娘，是那么聪明、那么骄傲的一个女人，她要我的全部，而不是我的一部分。如果我去敷衍她，会造成更大的伤害。我的背叛已成事实，像是在她心上挖了一个大洞，我却没有办法去补这个洞，我真的是筋疲力尽了！今天，又发生了和骥远的冲突，我才深深了解到，爱，真的像水，水能载舟，水能覆舟！"珞琳看着努达海，感觉到他那种深深的、重重的、沉沉的、厚厚的悲哀，这悲哀真像一张天罗地网，把全家所有的人，都网在里面了。连还是新娘子的塞雅，也逃不掉。她难过极了，心里被这份悲哀完完全全地涨满了。

老夫人和珞琳走了之后，这份悲哀仍然沉重地塞满了整个房间，和那夜色一样，无所不在。

新月和努达海，半晌无语，只是泪眼相看。然后，新月拿着药酒，开始为努达海揉着受伤之处。她细心地检查，细心地敷药。看到努达海满身都是青紫和瘀血，她的泪又扑簌簌地滚落。努达海一把拉过她的身子来，把她拉得滚倒在他的怀中，他用一双有力的手臂，把她紧紧地圈在自己的怀里，他哑声地、痛楚地说："新月，咱们走吧！""去哪里？"新月问。"你在乎去哪里吗？荒山旷野，了无人烟的地方，你去不去？"新月把头紧紧地埋在他的肩窝里，埋得那么重，那么用力，使他肩上的伤处都疼痛起来。她知道，但她不管。她用更有力的声音，铿然地说：

"天涯海角，我都随你去！"

第十五章

努达海父子这场架，打得两个人都身心俱伤，足足有半个月的时间，父子俩见了面都不说话。各自躲在自己的角落，默默地疗治着自己的伤口。为了避免尴尬场面，两人都尽量避开见面的机会。骥远变得很不爱回家，常常在外面逗留到深更半夜。努达海下了朝，总是直奔望月小筑，家里的气氛非常凝重。老夫人和珞琳急在心里，却不知道如何去化解。其实，父子二人心中都充满了后悔和沮丧，但，两个人的个性都很倔强，谁都不愿先去解这个结。

这种僵局，一直延续到夔东十三家军的军情传来，巫山再度成为朝廷大患的时候，两人才在朝廷上，针锋相对地说起话来。这天，皇上登上御座，众臣叩见，罗列两旁。皇上忧心忡忡地看着文武百官，十分烦恼地说：

"八百里加急连夜到京，这夔东十三家军势如破竹，我军又败下阵来，安南将军殉职！如今十三家军已威胁到整个四川地区，令朕寝食不安，不知如何是好！"

众臣一听是十三家军，都面面相觑，接着就纷纷低下头去，沉默不语。就在此时，忽然有个人排众而出，朗声说道："臣请旨，请皇上让臣带兵去打这一仗！"

大家惊愕地看过去，此人竟是年方二十岁的骥远。皇上一怔，说："你？""臣蒙皇上恩宠，一路加官封爵，却在宫中坐食俸禄，令臣非常惶恐不安，此时国家有难，正是臣为朝廷效力，忠君报国的时候到了，请皇上降旨，让臣带兵前往，定当誓死保家卫国！"皇上还来不及回答，文武百官中，又有一个人排众而出了："皇上容禀，骥远血气方刚，自告奋勇，固然是勇气可嘉，但是率军打仗，非同小可，责任重大，而且我军屡战屡败，可见十三家军非等闲之辈。骥远未曾出过京畿，又毫无实际作战的经验，如何能担此重任？臣恳请皇上，让臣带兵前去，以雪前耻！臣已有上次作战之经验，又抱必胜之决心，或可力歼强敌，为朝廷除此心腹大患！"

这人不是别人，正是努达海。

骥远见努达海这样说，就有些急了，连忙对皇上躬身行礼，接口说："臣虽然不曾打过仗，并不表示臣不会打仗，何况臣自幼习武，饱读兵书，就是希望有朝一日，能上战场！家父为国尽力，已征战无数，请将这次机会，给身为人子的骥远，免去家父驰骋疆场，戎马倥偬的操劳！"

"臣斗胆直言，"努达海立即说道，"臣今年才四十二岁，正是壮年，有身经百战的经验，有戴罪立功的决心，何况对那巫山的地形，早已十分了解，实在没有不派遣臣去，而派遣骥远去的道理……"皇上看着这父子二人，真是感动极了。

"好了，好了，你们父子二人，争先恐后地要为朝廷效命，实在让我感动。不过，努达海说得很有道理，这夔东十三家军，不是寻常的军队，除非是沙场老将，不足以担当大任，所以，朕决定以努达海为靖寇大将军，统率三万人马，即日出发！"努达海立刻大声说："臣遵旨！""皇上！"骥远着急地喊，"臣不在乎挂不挂帅，也不在乎功名利禄，只想出去打仗，做点有志气、有意义的事！请皇上恩准，让臣跟在阿玛旗下，一同前去歼敌！官职头衔都不要！"努达海一阵震动，深深地看了骥远一眼，急在心里，不得不又接口："皇上，骥远是臣的独子，臣尚有老母在堂，不敢让家中没有男丁……""独子就必须在脂粉堆中打转，在金丝笼中豢养吗？人说虎父无犬子，又说强将手下无弱兵，阿玛身为朝廷武将，难道不知道奔驰沙场，奋勇杀敌，才是一个男子汉应有的志向吗？"皇上一拍御座的扶手，龙心大悦，称赞着说：

"好极了！倘若我大清朝众卿，人人像你们父子一般，早就是天下太平了！好！果然是虎父无犬子，朕就命你为副将军，随父出征吧！骥远，你好好地给朕出一口气！"

"喳！"骥远大声应着，"臣谨遵圣谕！"

努达海至此，已无话可说，看着豪气干云的骥远，他忽然觉得，骥远终于脱茧而出了。他心里十分明白，骥远的请缨杀敌，和自己的自告奋勇，有相同的原因，这场家庭的战争，已经使两人都心力交瘁了。不如把那个小战场，挪到大战场上去。不如让这个不知何去何从的自己，去面对一场真正的厮杀！看着骥远那张稚气未除的脸孔，想到战场上的刀剑无情，他的内心隐隐作痛，在一种舍不得的情绪里，也有一份刮目相看的骄傲。此时此刻，对骥远的愤怒，已经变得虚无缥缈了。这天晚上，整个将军府，陷入前所未有的紧张和混乱里。大厅中，除了新月以外，全家都聚集在一块儿，人人激动，个个伤心。老夫人惶惶然地看看骥远，又看看努达海，再去看看骥远，又再去看看努达海，眼光就在父子二人的脸上逡巡，完全不能相信这个事实，也不能接受这个事实。她不住口地问："这事已经定案了吗？还有没有转圜的余地？如果我去求太后，可不可能收回圣命？"她的眼光停在努达海脸上了，"你怎么不试图阻止？骥远还是个孩子呀！他又刚刚成亲不久，怎么能上战场？何况又是那个十三家军！又要上巫山……"

"奶奶！"骥远喊，"您老人家别去破坏我好不容易争取来的机会！是我一再请命，皇上才恩准我去的！""你一再请命？"塞雅脸色灰败，语气不稳，"你为什么要请命呢？你从没有打过仗，皇上怎么会让你去呢？"

"你们不要大难临头似的好不好？凡事都有个第一次，阿玛不也是从第一次开始的吗？身为将门之子，迟早要上战场，这应该是你们大家都有心理准备的事！事实上，我等这一天已经等了很久了，终于等到了，我兴奋得很，你们大家，也该为我高兴才对！""骥远说得很对！"努达海开了口，"这是迟早要开始的事，与其让他跟着别人，不如让他跟着我！"

"这道理我是懂得的，"老夫人的声音微微颤抖着，"可是，父子二人共赴沙场，怎不教人加倍担心呢？"

"阿玛！骁远！"珞琳知道，圣命已下，是不可能再改变的了。父子同上战场，已成定局。珞琳就奔了过去，一手拉着努达海，一手拉着骁远，用发自内心的、充满感动的声调嚷着："我真为你们两个而骄傲，真希望我也是男儿身，可以和你们一起去打仗！将帅同门，父子联手，这是咱们家最大的荣光啊！可是，你们两个，一定一定……"她加强了语气，重复地说，"一定一定要为了我们，保护自己，毫发无伤地回来啊！"

这样一番话，激动了老夫人，含泪向前，也把两个人的手握住了："珞琳说进了我的心坎里！真的，我的儿子，我的孙子呀，你们两个，要彼此照顾，彼此帮忙，父子一心，联手歼敌才是！去打一个漂漂亮亮的胜仗回来，家里的恩恩怨怨就一起抛开了吧！""额娘，"努达海正色地、诚恳地说，"您放心！我们父子两个，会如您金口所说，打一个漂漂亮亮的胜仗回来！"

"是！"骁远此时，已雄心万丈了，"奶奶，额娘，珞琳，塞雅……你们都不用担心，我们一定会打赢这一仗，等我们凯旋的时候，我保证，会给你们一个崭新的骁远！"

"我已经看到这个崭新的骁远了！"珞琳说。

塞雅见到骁远神采飞扬的样子，真不知道是悲是喜，是哀是怨，是该高兴还是该忧伤，是觉得骄傲还是觉得失落，心情真是复杂极了。比塞雅的心情更加复杂的是雁姬，在这全家聚集的大厅里，大家都有共同的爱与不舍，她呢？站在那儿，她凝视着骧远，这十月怀胎，二十年朝夕相处的儿子，即将远别，对她而言，岂是"不舍"二字能够涵盖的？她的心，根本就碎了。当了二十年将军之妻，她早已尝尽了等待和提心吊胆的滋味。现在，眼看丈夫和儿子将一起远去，她只觉得，自己整颗心都被掏空了。站在那儿的自己，只剩下了一副躯壳，这副躯壳中什么都没有了，薄得像是一片蝉翼，风吹一吹就会随风而去。没有心的躯壳是不会思想的，薄如蝉翼的躯壳是不会痛楚的。但是，她的思想仍然纷至沓来，每个思维中都是父子二人交叠的面孔。她的心仍然撕裂般地痛楚着，每一下的痛楚里都燃烧着恐惧。她将失去他们两个了！这样的家，终于逼走他们两个了！就在这凄凄然又茫茫然的时刻里，努达海走到了她的面前，深深地凝视着她，哑声地说：

"我和骧远，把整个的家，托付给你了！每次我出门征战，你都为我辛苦持家，让我没有后顾之忧，你不知道我多么感激，再一次，我把家交给你了！另外，我把新月和克善，也交给你了！"雁姬胸中"咚"的一声巨响，那颗失落的心像是陡然间又装回到躯体里去了。她睁大了眼睛，愕然地瞪视着努达海，嗫嚅地说："你……你？"她说不出口的是一句："你相信我？"

"我相信你！"他沉稳地说，答复了她内心的问话，"至于骧远，你就把他交给我吧！"

泪水，顿时冲破了所有的防线，从雁姬眼中，滚落了下来。当努达海回到望月小筑的时候，新月已经知道一切了。

和全家的紧张相比，她显得平静而忙碌。她正忙着整理行装，把努达海的贴身衣物，都收拾出来，一一折叠，准备打包。她也给自己准备了一些衣物，都是些粗布衣裳。那些绫罗绸缎，都已经用不着了，铜环首饰，也都用不着了。除了胸前仍然佩戴着那条新月项链，她把其他的首饰都交给了云娃。握着云娃的手，她郑重地托付：

"克善就交给你和莽古泰了！你们是他的嬷嬷爹和嬷嬷妈，事实上，也和亲爹亲妈没什么不同了。我走了以后，你们可以信任珞琳和塞雅，有什么事，去找她们，她们一定会帮忙的。万一这儿住不下去的时候，就进宫去见太后。克善是个亲王，迟早要独立门户的！你们两个好好跟着他！"

听到新月的语气，颇有交代后事的味道，云娃急得心都碎了。"格格，你这次可不可以不去了？"她问。"你说呢？"新月不答，却反问了一句。

云娃思前想后，答不出话来了。

"那么，和上次一样，让莽古泰陪你去，我留在这儿照顾克善！""不！上次我是单身去找努达海，所以让莽古泰随行，这次我是和努达海一起走，有整个大军和我在一起，不需要莽古泰了！克善比我更需要你们！假若你们心中有我，就为我好好照顾克善吧！"正讨论着，努达海进来了，一看到室内的行装，和正在生气的克善，努达海已经了解新月的决心了。示意云娃把克善带了出去，他关上房门，转过身子来，面对着新月。

"新月，听我说，我不能带你去！"

新月走到他的面前，用双手揽住了他的脖子，注视着他的眼睛，静静地说："天涯海角，我都随你去！"

　　他用力拉下了她的胳臂，也注视着她的眼睛，严肃地说：

　　"只要不是去打仗，天涯海角，我都带你去！可是，现在是去打仗，我不能让你分我的心，也不能不给弟兄们做个表率，我不能带你去！如果你爱我，就在家里等我回来！"

　　"我试过一次等待的滋味，我不会再试第二次！"她依旧平平静静地说，"荆州之役以后，我曾经跟着你行军三个月。巫山之役，我又跟着你的军队，走了一个月才回到北京。对我来说，行军一点也不陌生。在你的军队里，一直有军眷随行，做一些杂役的工作，我去参加她们，一路上为你们服务，你会看到一个全新的我，绝不哭哭啼啼，绝不娘娘腔，绝不拖泥带水！我不会是你的负担，我会是你的定心丸！如果我留在这里，你才会牵肠挂肚，不知道我好不好，会不会和雁姬又闹得天下大乱，也不知道我会不会熬不住这股相思，又翻山越岭地追了你去！那样，才会分你的心！"她对他肯定地点点头，"相信我，我说得一定有道理！绝不会错！"

　　他盯着她，仍然摇头。

　　"你说得很有道理，可是，我还是不能让你去！那些军中雇佣的妇女，都是些剽悍的女子，她们骑马奔驰，有时比男人都强悍。你怎能和她们相提并论？"

　　"你忘了我是端亲王的女儿了？你忘了我的马上功夫，是多么高强了？你甚至忘了，我们来自关外，是大清朝的儿女，都是在马背上翻翻滚滚长大的了？"

他仍然摇头："我不能让你吃这种苦，也不能把你放到那么危险的地方去……""你已经下定决心，就是不要带我去了，是不是？"她问。

"是！""好！"她简单地说，"那么，你走你的，我走我的！巫山这条路，你很熟，我也很熟！"

"新月，"他用双手扳起了她的脸孔，"你要不要讲道理？"

"道理，我已经跟你讲了一大堆了。我现在不跟你讲道理了。我只要告诉你，你允许我跟你一起去，我就跟你一起去，你不允许我跟你一起去，我还是会跟着你！我这一生，再也不要和你分开，跟你是跟定了！无论你说什么，无论你用软的硬的，你反正赶不走我！"

他凝视着她。她仰着脸，坚定地、果断地回视着他。她的眼睛亮晶晶的，闪耀着光华。整个脸孔，都发着光，绽放出一种无比美丽的光彩。他投降了。把她拉入怀中，他紧紧地抱住了她，低叹着说："好了，我投降了，我带你去！我想明白了，你是这样牵系着我的心，我们两个，谁都逃不开谁了！如果不带着你，说不定我没有被敌人打死，先被思念给杀死了！"

新月将跟随努达海一起去战场，这件事，再度震动了将军府，震动了府中的每一个人。但是，大家仔细寻思，想到上次新月情奔巫山的故事，就对这件事有了相当程度的了解。在惊怔之余，都不能不对新月的勇气和决心，生出一种惊叹的情绪来。连日来，大家都忙忙乱乱的，准备着父子二人的行装，也忙忙乱乱的，整理着临别前的思绪。到了别离时候，时间就过得特别地快，转眼间，已是临别前夕。塞雅看着即将启程的骥远，实在是愁肠百折，难过极了。她心里藏着一个小秘密，一直到了这临别前夕，都不知道是该说还是不该说。骥远看到塞雅一直泪汪汪的，欲言又止。想到自己婚后，实在有诸多不是，委屈了塞雅，心里就生出一种怜惜来。伸手握住了塞雅的手，他诚挚地说：

"塞雅，请原谅我不好的地方，记住我好的地方。这次远行，对我意义非凡，我觉得，它会让我脱胎换骨，变成你喜欢的那个骥远！""你一直是我喜欢的骥远呀！"塞雅坦白地说着，泪珠挂在睫毛上，摇摇欲坠，"是我不够好，常常惹你生气。可我真的好想好想讨你喜欢呀！有时就会讨错了方向，越弄越拧。现在，我有一点明白了，可你又要走了……"

"我很快就会回来的！"他柔声地说，"我向你保证，我会小心，会照顾自己，我有一个很强烈的预感，我和阿玛，一定会打赢这一仗！你知道吗？自从我接旨那一刻起，我就有一种柳暗花明、豁然开朗的感觉，我有信心，这一趟我一定会大展身手，你应该对我也充满信心才是！"

她一个激动下，终于握紧了他的手，热烈地喊着说：

"请你一定要平安回来呀！因为已经不是我一个人在等你，你的孩子也在等你呀！如果不是为了肚子里这条小生命，我一定会学新月，跟你一起去巫山！现在我走不了，只能在这儿等你啊……""什么？"骥远大惊，"你有了孩子？你确定吗？怎么都不说呢？""我还来不及说，你就请了命，再去打仗了呀！想说，怕你牵挂；不说，又怕你不牵挂，真不知道怎样是好……"塞雅说着，一阵心酸，泪珠终于悬不稳了，成串地掉了出来。才一落泪，她就想起骥远说过，不喜欢看她掉眼泪，于是，她就急忙用手去擦眼睛，嘴里胡乱地说着："对不起，我又哭了……我就是这样孩子气，不成熟嘛……"

骥远心中一热，伸手就把塞雅拉进了怀里，用一双有力的胳臂，把她紧紧地箍着，激动地说：

"我喜欢你的笑，也喜欢你的泪，更喜欢你的孩子气，不要去改掉你的个性，忘掉我的胡言乱语吧！并且，你一定要帮我一个忙……""是什么？"她抬起头来，积极地问。

"帮我照顾你自己，和我的孩子！"

塞雅看着他，泪，还在眼眶里转着，唇边，却已漾开了笑。这天晚上，努达海带着新月，拜别了老夫人，探视了珞琳，也去看了塞雅，离别的时候，总有那么多的叮咛和嘱咐。人人都是百感交集，说不完的话。对于这些日子以来的恩怨，大家都有无尽的悔恨和惋惜。正像珞琳所说的：

"早知道这么快就要分离，为什么要浪费那么多时间去生气，去吵架呢？人，就是笨嘛！就是想不开嘛！新月，请原谅我对你说过的那些残忍的话，在我内心深处，不管你是什么身份，你始终是我最知己的朋友！"

"能听到你这样说，我太感动了！"新月诚心诚意地说，"我才该请你原谅，刚刚你说的这些话，是不是表示你已经原谅我了？""你要我原谅你什么？原谅你爱我的阿玛，爱得太多，爱得太深吗？"珞琳问，深深地看着新月和努达海。

于是，新月和努达海明白了，不用再对珞琳说什么了，她，终于了解了这份感情，也终于接纳了新月。对新月和努达海来说，这份了解和接纳，实在是难能可贵呀！

去过了老夫人房，去过了珞琳房，去过了塞雅房，他们最后去了雁姬房。雁姬正站在窗前，默默沉思。她穿着整齐，面容严肃而略带哀伤。可是，那种勇敢的个性，和高贵的气质又都回复到她身上来了。她的眼中有着宽容，眉宇间透着坚定。新月走向了她，深深地请了一个安。

"夫人……""你还是叫我雁姬吧！听起来顺耳多了！"

"雁姬，"新月顺从地说，"以前，我已经对你说了太多请你原谅的话，我现在不再重复了！因为，我早就明白了一件事，我对你造成的伤害，根本不是原谅两个字可以解决的。我现在来这儿，只是要对你说，我会尽我的全力，照顾他们父子两个。虽然打仗的事我并不能帮忙，但是，衣食冷暖，生活起居，我都会细心照料。你放心吧！"

雁姬的内心，思潮澎湃，对新月的恨，已被离愁所淹没。此时此刻，自身的爱恨情愁都不再重要，重要的是这父子二人的生命！"我不会放心，我也不可能放心的，"雁姬震颤地说，"我生命中最重要的两个男人，一起去出生入死，这种状况，没有人能放心。新月，你既然随军去了，我有一件事必须托付给你！""是！""他们父子二人，都是个性倔强，不肯认输的人。就像两只用犄角互斗的牛，现在要从家里的战场，搬到真正的战场上去了，我有一句话想对你说……"

"请说吧！""解铃还须系铃人！"新月对雁姬弯了弯腰，诚挚已极地说："我知道了！""雁姬，"努达海接了口，"你放心，不管骥远曾经对我做了些什么，不管我对他有多生气，他总是我的儿子呀！我会用我自己的生命去保护他！"

雁姬激灵灵地打了个冷战。

"努达海，"她认真地喊，"我希望骥远平安，我也希望你平安，请你为了家里的妇孺妻小，让你们两个，都毫发无伤地回来！""我会的！"努达海慎重地承诺。

新月看着他们两个，猜想他们之间，一定有很多话要说，她再请了个安："我先回望月小筑去了，克善、云娃他们还在等着我！"

努达海点点头，雁姬没有说话。新月退出房间的一瞬间，雁姬终于吐出了两个字："珍重！"新月蓦然回头，感到了这两个字的分量，它太重太重了！她眼里凝聚了泪，脸上却绽放出光彩，她鼻塞声重地答了两个字："谢谢！"新月退出了房间以后，雁姬和努达海静静相对了。好半晌，两人就是这样你看着我，我看着你，谁都说不出话来。然后，还是努达海先开口："我一直想告诉你，你在我心里的地位，无人能够取代。发生了新月的事以后，再说这句话，好像非常虚伪，但，确实如此。""不管是不是如此，"雁姬微微地笑了，笑容里带着一丝凄凉，"我独占了你生命中最精华的二十年。这二十年，是新月怎么样也抢不走的！如果早能这样想，或者就不会发生那么多事情了！"努达海凝视着雁姬，在她这样的眼光和言语中，感觉出她的无奈和深情，就觉得自己的心痛楚了起来。雁姬深深地、深深地看着他，内心的感情终于战胜了最后的骄傲，她低低地说："请原谅我！请原谅我这些日子来的嚣张跋扈，乱七八糟……""珞琳有一句话说得很好……"

"她说什么？""原谅你什么？"他重重地说，"原谅你爱我太多太深吗？"

雁姬再也熬不住，热泪夺眶而出。努达海张开了手臂，她立刻就投入了他的怀里。他紧紧地抱着她，试图用自己双臂的力量，让她感受出来自己的歉疚、谅解和爱。雁姬哽咽地喊着说："哦！努达海，请你千万不要让我有遗憾！不要让我的醒悟变得太迟！你要给我弥补的机会，知道吗？知道吗？以后，天长地久，我会努力去和新月做朋友，我明白了，有个女人和我一样地爱你，并不是世界末日！努达海，请千万千万不要让我们两个失去你！那，才是世界末日呀！"

"放心，"努达海感动至深地说，"我们还有的是时间，以后，天长地久，让我们一起来弥补，这些日子彼此的歉疚吧！"

这一夜，将军府中，没有人能成眠。离愁别绪，把每个人都捆得紧紧的。新月整个晚上，都在和克善、云娃、莽古泰依依话别。离别时的言语总是伤心的。前人早就有词句说：

"无穷无尽是离愁，天涯地角寻思遍！"

第二天一大早，天色才有一些蒙蒙亮，努达海、骥远和新月，带着阿山和几个贴身侍卫，就离开了将军府，到城外去和大军会合，起程去巫山了。新月走的时候，穿着一身蓝布的衣裤，用一块蓝色的帕子，裹着头发，脂粉不施。她的个子本就瘦小，此时看起来更加小了，像个才十三四岁的小厮。老夫人、雁姬、珞琳、塞雅、甘珠、乌苏嬷嬷、巴图总管、云娃、克善、莽古泰，以及家丁丫头们，都到大门口来送行。雁姬看着那瘦瘦小小的新月，不大敢相信，这个小小的人儿，曾是自己的头号大敌；更不相信，这个小女子，会两度赴巫山！努达海策马前行，骧远紧跟在侧，再后面是新月。他们走了一段，努达海回过头来，向门前的众人挥手。骧远、新月也回过头来挥手。"马到成功！"珞琳把手圈在嘴上，开始大叫，"早去早回啊！""马到成功！"众人也都大叫了起来，吼声震天。"要大获全胜啊！""随时捎信回来啊！"塞雅喊着，"要派人快马回来报告好消息啊！要保重保重啊……天冷的时候要记得加衣啊……"

"不要忘了咱们啊……"克善也加入了这场喊话，"把敌人打一个落花流水，片甲不留啊……"

努达海笑了笑，一拉马缰，掉转头，向前飞驰而去。骧远和新月也跟着去了。众人在门口，疯狂般地挥着手，喊着叫着，目送着努达海等一行人，越走越远，越走越远，终于，变成一团滚滚烟尘，消失在道路的尽头。

第十六章

风萧萧，马萧萧，山重重，水重重。

这次的巫山之役，是一场艰苦而漫长的战役。

在这次的战争中，努达海的父子兵，采取了持久战术，他们包围了巫山，长达四个月。他们断绝了敌军的粮食补给，消耗他们的战备和武器，准备随时和他们打一场遭遇战。这样逐步地把敌军逼进了巫山的一个侧峰——大洪岭的山头上。然后，他们就在山谷下扎营，厉兵秣马，枕戈待旦，准备着来日大战。在这个漫长的战争里，努达海的军队和十三家军一共交手了十七次。努达海非常辛苦，带兵遣将，运筹帷幄，几乎没有好好地睡过一夜。前人有诗说："将军金甲夜不脱，半夜军行戈相拨，风头如刀面如割！"正是努达海这支军队的写照。

骥远是初生之犊，像个拼命三郎似的，每次打仗，都豁出去打，完全不要命。这种不怕死的打法，打得居然也轰轰烈烈，有声有色。使努达海在心惊肉跳之余，不能不生出骄傲和喜悦的情绪。但是，随着战事越来越密集，骧远是越打越神勇。努达海每次派他出去，都要捏把冷汗，生怕他一去不回。因为不放心他，常常要尾随在他后面保护他。这样，好几次都在危急关头，把他救了回来。一次，他差一点被敌人掳走，幸好努达海及时赶到，杀退了敌兵，才解了他的围。但，过了没有几天，他又去死追一股溃败的军队，一直追进了九曲山的峡谷里。努达海上次就在这九曲山的峡谷中吃了大亏，得到消息，立刻带着人马，追进峡谷里去增援。果然，山谷中有伏兵，而且是十三家军里最精锐的部队，骧远中了埋伏，兵士伤亡惨重。当努达海赶来的时候，骧远正腹背受敌，战况已岌岌可危。努达海虽带军杀了进去，逼退了十三家军，但父子二人，却双双挂彩。当新月看到父子二人，都受伤回到营地时，吓得魂都没有了。幸好骧远只是手臂上受了一些皮肉之伤，经过军医包扎之后，已无大碍。努达海就没有这么幸运，一支箭射进了他的肩膀里，军医硬是把肌肉切开，才把箭头挖了出来。新月一直在旁边帮军医的忙，一会儿递刀子，一会儿递毛巾，一会儿递绷带……忙得不得了。看到努达海咬紧牙关忍痛，看到鲜血从伤口冒出来，她的脸色有些苍白，但是，却始终勇敢地站在那儿，双手稳定地、及时地送上军医需要的物品。

终于，伤口包扎好了。大夫一退出帐篷，骧远就懊丧无比地冲到努达海面前，扑跪下去说：

"阿玛，都怪我好大喜功，不听从你的指示，这才中了敌军的埋伏！都是为了救我，你才受伤的！我死不足惜，万一连累你有个什么的话，我就死有余辜了！"

努达海一把就抓住了他的手，激动地喊了出来：

"什么叫你死不足惜？这是一句什么鬼话？为什么你死不足惜？咱们这一路打过来，你每次都在拼命，你到底想证明什么？你难道不知道，作为一个将领，运筹帷幄比身先士卒更加重要？你这样天天拼命，看得我胆战心惊，你以为，只要你拼了命，战斗至死，你才算对得起皇上朝廷，对得起家人吗？""对！"骧远喊，"我确实想证明一件事，证明我不是一个只会风花雪月的公子哥儿！我不怕死，只怕你以我为耻，如果我死得轰轰烈烈，你会以我为荣、以我为傲的！"

努达海震动到了极点。

"你怎么要怀疑你在我心中的地位啊！我从来没有以你为耻！""可是我做了那么多混账的事，甚至和你大打出手，说了那么多不像样的浑话，我想你早就恨死我这个儿子了！"

努达海一瞬不瞬地盯着骧远。

"不，正相反，"他说，"我一直以为，你恨死我这个老子了！"骧远痛苦地看着父亲，内心有许许多多的话，一时间汹涌澎湃，再也藏不住，冲口而出了：

"就算我恨过你，那也出自我的糊里糊涂，和年少轻狂！自从上了战场，我才知道你的分量！这几次仗打下来，你的勇敢冷静，策略计谋……实在让我发自内心地崇拜！我每崇拜你一分，就自惭形秽一分，每自惭形秽一分，就希望能好好表现一番！我不要你对我失望，我……我是那么强烈地要在你面前表现，这才会如此拼命啊！"

努达海看了骥远好一会儿，突然伸出手去，一把勾住了骥远的脖子，把他勾进了自己的怀里："听着！你从小就是我的骄傲、我的光荣，我重视你更胜于自己的生命！即使我跟你打架的时候，因为你打得那么漂亮，虽然让我有时不我予的伤怀，却有更深的、青出于蓝的喜悦！这些日子以来，我心里最大的痛苦，是以为我失去了你的重视和爱！如今我知道，你仍然是我的骥远，这对我太珍贵了！让我们父子，把所有的不愉快都一齐抛开吧！从今天起，让我们联手抗敌，真正父子一心吧！"

"是！"骥远强而有力地答了一个字。

站在一边的新月，眼睛是湿漉漉的，喉咙中是哽哽的。她吸了吸鼻子，竟忍不住微笑了起来。然后，她收拾起地上带血的脏衣服，拿到帐篷外的小溪边，去洗衣服了。

她洗衣服的时候，嘴里还情不自禁地哼着歌。哼着哼着，她身后传来一声呼唤："新月！"她回过头去，看到骥远站在那儿。

"你阿玛呢？"她问。"睡着了！""唔，"她微笑着，"他一定会做一个好梦。他虽然受了一点伤，但是，你给了他最有效的药！"

骥远在她身边坐了下来。

"我有些话想和你谈一谈。"

"你说，我听着呢！""自从离开了家里那个局限的小天地，这段日子，我的视野宽了，磨炼多了，体验也深了，过去种种，竟然变得好渺小，好遥远。现在再回忆我前一阵子的无理取闹，实在觉得非常汗颜。直到今天，我才能平心静气地对你说一句，难怪你选择了阿玛！"新月静静地听着，唇边，一直带着笑意。等骥远说完，她才抬起头来，深深地看着骥远，摇摇头说：

"你错了！其实我从来就没有选择过！当初，我第一次见到你阿玛的时候，我正被强盗掳走，你阿玛从天而降，飞扑过来，像一个天神一样，把我从敌人手中夺了下来。我眼中的他，是闪闪发光的，是巨大无比的，是威武不凡的，也是唯一仅有的！他一把攫住的，不只是我的人，还包括了我的心！从那一天起，我的眼中，就没有容纳过别的男人。你的阿玛，他就是我今生的主宰，我的命运，我的信仰，我的神。我对他，就是这样一见倾心的，完全一厢情愿的！所以，我根本没有选择，我早就以心相许，放弃选择的权利了！"骥远呆呆地看着她，好半天，才透过一口气来。

"哦，你早就应该告诉我这些话，免得我在那儿做我的春秋大梦！"他顿了顿，又说，"不过，你如果早说，我可能更生气，会暴跳如雷吧！假若没有经过这一次的战争，我大概永远都醒不过来。我现在总算明白了，我一直是个作茧自缚的傻瓜，自己吐的丝，把自己缠得个乱七八糟，还在那儿怪这个怪那个的，怪个没了没休！真是又可怜又可笑！说穿了，你从来就没给过我机会，从头到尾，你眼里就只有阿玛一个人……我啊，真是庸人自扰，人在福中不知福！"他不胜感慨。

"你知道吗？"新月感动地看着他，由衷地说，"你真的是脱胎换骨了，此时此刻，我真希望家里的人都在场！""我也希望，尤其是……塞雅！"

新月一震。"唉……"他拉长声音，叹了口气，"不瞒你说，我现在还真有些怀念塞雅，怀念她那傻乎乎的笑，和她那毫无心机的天真。"新月眼睛发亮地看着他，太激动，太高兴了。

"我就知道的！"她欢呼似的说，"你一定会想明白的，你们以后，会有好多好多平安幸福的日子……我就知道的！因为我捡起了塞雅的苹果！"

骧远注视着欣喜若狂的新月，不禁开始想家了。夜色已在不知不觉中降临了，几丛营火，在山野中明明灭灭。家，好遥远啊，但是，等他们凯旋时，应该什么都和以前不一样了，那个新的家庭里，再也不会有战争有仇恨了。即使是雁姬，说不定也能接受新月了。如果她还不能，他一定要告诉她，爱一个人好容易，陪一个人出生入死实在不简单！天下的英雄好汉，没有人能逃得开新月这样的爱！努达海不是神，就算他是神，他也逃不掉！

经过了这一次的坦诚交心，努达海、骧远和新月是真正的水乳交融了。再也没有猜忌，再也没有怨恨，再也没有愤怒和钩心斗角，这种滋味实在太美妙了。父子二人，到了此时，是完完全全的一条心了。骧远对努达海心悦诚服，又敬又爱，也不再做"拼命三郎"了。

然后，那决定性的一仗来临了。

这一仗，打得是天昏地暗，日月无光。双方都伤亡惨重，血流成河。但是，努达海的部队终于打赢了！胜利了！

但是，这场胜利，努达海却付出了最大的代价！

胜利了！胜利了！胜利了！当骥远把那一面绣着"靖寇"字样的镶白旗，插上大洪岭的山头上，那种骄傲和狂欢，简直没有任何语言或文字可以表达。但是，就在这胜利的欢腾中，突然之间，敌军冒出了最后的一支敢死队，扑向了插旗的骥远，几十支箭，从四面八方，射向了骥远。变生仓促，骥远还来不及应变，努达海已大吼一声，合身飞扑过来。他像一只白色的大鸟般，把骥远整个人都撞落于地，他张开的双手，像是一双白色的羽翼，把骥远牢牢地遮护在羽翼之下。顿时间，所有的箭，全都射在努达海身上，把他射成了一只大刺猬一样。努达海被抬回营地的时候，还维持着最后的一口气，没有见到新月，他不肯咽下这口气。躺在地上，他用左手握着骥远，右手握着新月，含笑看着他们两个，眼神十分平静地说："不要难过，死在战场，马革裹尸，我是死得其所！你们要好好地、勇敢地活下去，把胜利的荣耀带回去！骥远，告诉你额娘，我好抱歉，我答应过她要平平安安回去的，我无法遵守诺言了！"骥远已经伤心得什么话都说不出来了，整个人都失神了。他根本无法相信这是事实，也无法进入状况，一双眼睛，只是直直地、痴痴地看着努达海，动也不能动。

新月却勇敢地甩了甩头，把眼中的泪，硬给甩掉了。坚定地看着努达海，她用平稳的声音，有力地说："努达海！你听着！黄泉这条路，我不能让你单独去走！人生这条路，你也不能让我单独去闯！上一回我追来巫山，就为了与你同生共死，这一回我坚持随你出征，为的也是与你同生共死，上次在巫山，你本要死，是我要求你活了下来，这一段活着的日子，虽然风风雨雨，可到头来，你反败为胜，已经洗雪前耻，恩恩怨怨，也拨云见日，咱们真是没有白活这一场，是不是?"努达海动容地、深深地凝视着新月。

"现在，你我心中，都了无遗憾，雁姬托付我的事，我也不负使命。全天下最了解我的一个人就是你，请你告诉我，你死了，我怎样单独活下去? 追随你而去，是我唯一的，也是最美好的一条路! 你如果觉得你是死得其所，你让我也死得其所吧!"努达海知道说什么都没有用了，何况，他也没力气去多说了。他的唇边涌现了笑意，眼光和新月的眼光交缠着。

"新月，"他低唤着，"你让我没有虚度此生!"

"你也是!"新月痴痴地说。

努达海的双手一松，溘然长逝。

骁远猛地一惊，扑上去大喊:

"阿玛! 阿玛! 你回来! 回来! 阿玛……"

新月轻轻地放下了努达海的手，弯下身子，很细心，很轻柔地抚摩着努达海的眼皮，让他合上了双目。然后，她慎重地取下了挂在脖子上的新月项链，转身对骁远说:

"骁远，这条项链上的心意与爱，我受之有愧! 能不能请你帮我，再转赠给塞雅，我一直觉得，这条项链是属于她的东西，你曾经拒绝过我一次，希望这次，你不会再拒绝了!"

说着，她就抓起了骁远的手，把那条项链塞进了他的手里。骁远呆呆地看着手里的项链，整个人陷在剧烈的悲痛中，已经神思恍惚了。一时间，他握着项链，呆怔在那儿，不知道心之所在，身之所在。就在骥远失魂落魄的当儿，新月已拔出了一直随身携带的匕首，双手握住匕首的柄，用尽全身的力气，重重地对心口刺了下去。她倒在努达海的身上，头贴着他的前胸。她的血和着他的血，染红了他那件白色的甲胄。上天没有让她痛苦太久，她很快地，就追随他而去了。

骥远蓦然醒觉，震撼与悲痛，都达于极点，他目瞪口呆地跪在那儿，接着，就双手握拳，仰头狂喊：

"阿玛……新月……"

他的呼声，穿透了云霄，直入苍天深处。山谷中震荡着回音，似乎天摇地动。但是，无论怎样强烈的呼唤，都再也唤不回新月和努达海了。他们平静地偎依着，两人的唇边，都带着微笑，把人世的纷纷扰扰，是是非非，恩恩怨怨……一齐都抛开了。一个月以后，骥远带着大军，扶着努达海和新月的灵柩，回到了北京。老夫人、雁姬、珞琳、克善、云娃、莽古泰，以及挺着大肚子的塞雅，都是全身缟素，迎接于北京城外。那时已经是冬天了，雪花纷飞，大地苍茫。两路悲凄的队伍会合在一片白茫茫中。骥远抬起满是风霜的面孔，对家人们说了两句话："我从来没有经历过如此壮烈的战争，我也从来没有看见过这么美丽的死亡！"

——全书完——

一九九四年六月二十二日完稿于台北可园

本书故事纯属虚构，与正史无涉

（京权）图字：01-2025-0195

图书在版编目（CIP）数据

新月格格 / 琼瑶著 . -- 北京：作家出版社，2025.1.
（琼瑶作品大全集）. -- ISBN 978-7-5212-3236-3

Ⅰ. I247.5

中国国家版本馆 CIP 数据核字第 2025PA5103 号

新月格格（琼瑶作品大全集）

作　　者：琼　瑶
责任编辑：赵文文
装帧设计：棱角视觉　纸方程·于文妍
责任印制：李大庆　金志宏
出版发行：作家出版社有限公司
社　　址：北京农展馆南里 10 号　　邮　　编：100125
电话传真：86-10-65067186（发行中心）
　　　　　86-10-65004079（总编室）
E-mail: zuojia@zuojia. net. cn
http: // www. zuojiachubanshe.com
印　　刷：河北京平诚乾印刷有限公司
成品尺寸：142×210
字　　数：111 千
印　　张：5.625
版　　次：2025 年 1 月第 1 版
印　　次：2025 年 1 月第 1 次印刷
ISBN 978-7-5212-3236-3
定　　价：2754.00 元（全 71 册）

品 琼 瑶 经 典

忆 匆 匆 那 年

琼瑶作品大全集